오늘이 꿈꾸던 그날인가

오늘이

꿈꾸던   그날인가

이향아
에세이

스타북스

하루하루의 평범한 생활이 내 인생입니다. 특별하게 포장되어 장롱 속에 따로 보관되어 있지 않습니다. 일하는 손바닥 안에 있고 바삐 뛰는 신발 속에 있는 인생, 그것은 땀과 피와 눈물로 절어 있습니다.

내 에세이는 겨우 그런 삶의 기록입니다. 길게 늘여 쓰지 않았습니다. 문득문득 부딪히는 일들과 생각들입니다. 혹은 노래하듯이 담담하게, 혹은 절규하듯이 다급하게, 혹은 흐느끼듯이 절절하게.

큰 뜻을 피력하려고 하지는 않았지만, 그것은 살아있는 숨소리처럼 담겨있을 것입니다.

돌아다보니 나는 늘 '이다음 어느 날'로 기쁨을 미루면서 살아왔습니다.

　내가 그리는 아름다운 백조가 지금 어느 하늘을 날아오고 있는지 궁금해도 마냥 참고 견디었습니다. 자욱하던 강 언덕에 안개가 걷힐 때, 소나기 그치고 무지개가 뜰 때, 나는 문득 생각하곤 합니다.

　혹시 오늘이 내가 꿈꾸던 바로 그날이 아닐까.

　나는 오랫동안 이날을 기다리며 살아오지 않았을까.

　무심히 지나가지 않도록 최고의 의미를 찾으면서 오늘 하루를 살겠습니다.

2023년 봄날에

이향아

2부

3부

4부

1부

물푸레나무 그늘에서

그녀는 쟁반 크기의 왕골깔개를 무릎 앞에 펼치더니 그 위에 다기茶器를 진열하였다. 찻잔들은 박음질이 잘 된 보자기에 싸여 있었고 보자기의 문양은 잔잔하고 산뜻하고 섬세하였다. 솜씨 좋은 친구가 직접 수를 놓았다고 했다. 까맣고 조그마한 찻잔은 윤기가 자르르 흘렀다.

"저는 까만 찻잔을 좋아해요."

내 시선을 의식한 듯이 그녀가 말했다.

주전자도 앙증맞았다. 그녀는 작은 주전자에 따뜻한 물을 따르더니 대나무 숟가락으로 찻잎을 떠서 찻잔마다 담았다.

그리고 잠시 뚜껑을 덮고 기다렸다. 갑자기 형식이라는 말이 떠올랐다.

"그까짓 것, 아무 소용없는 형식입니다. 내용이 중요하지요."

이렇게 말할 때면 정말 형식이란 깡그리 무시해도 좋은 것처럼 들린다. 그러나 문화는 형식이며, 예술은 형식에 따라 분류된다. 교양도 형식이며 예절도 형식을 갖추는 행위이다. 형식이 무너지면 품격이 무너진다. 형식은 절차이며 기다림이다.

찻잎의 향기가 우러나는 시간을 기다리는 그녀는 기다리는 시간도 아름다워야 할 것처럼 고요하고 온유한 표정을 지었다. 사위는 조용하고 깨끗하게 우리가 맞을 최고의 시음회를 돕고 있었다.

거기 모인 사람들도 평소와는 다르게 입을 닫고 정숙을 지켰다. 마치 그 시간에 큰 소리를 낸다거나 분위기에 맞지 않는 말을 한다면 누군가에게 눈총을 맞을 것 같았다. 그녀는 천천히 차를 따르더니 그 위에 꽃잎을 띄웠다.

"차 한 잔 마시기 되게 힘드네."

이렇게 말하고 싶어도 참아야 한다. 이 시간을 견디지 못하면 함부로 살겠다고 선언하는 말로 들릴지도 모른다.

"어떻게 마시든지 결국 위장으로 들어가서 뒤죽박죽될 텐데 무엇 때문에 이런 짓을 합니까."

이렇게 말하면 큰일이 날 것이다. 그것은 문화적으로 뒤진 사람이나 할 수 있는 말이다. 우리는 마치 그 자리에 이미 익숙해 있는 듯이 전혀 지루하지 않은 듯이 우아하게 기다렸다. 숨조차 조용히 쉬어야 할 듯한 물푸레나무 그늘에서 우리는 조용히 차를 마셨다.

최상의, 고급의, 귀족이 된 것처럼 말소리도 예쁘게 내고 싶었다. 손가락의 포즈를 어떻게 할까 갑자기 아무것도 자유롭게 할 수 없어서 망설였다. 나는 꼼짝할 수가 없었다.

무엇이 되어 살고 있는지

지난주에 들은 얘긴데 자꾸 귓가에 맴돈다.

젊어서 아주 짧은 기간 초등학교 교사로 있었습니다. 교육적인 이념도 철학도 없이 그저 그럭저럭 현실의 미봉책으로 밥벌이를 하고 있었던 겁니다. 사범학교를 졸업하던 해였지요. 갓 스무 살이었던 그때의 내 꿈은 사법 고시에 합격하여 법관이 되는 것이었습니다. 학생들에게는 칠판에 적당한 문제를 적어 주고 나는 나대로 법률 서적에 코를 박고 있었지요. 하루는 어떤 학부모가 나를 찾아왔습니다. 우리 반

반장인 만수네 할머니라고 했습니다.

"선생님, 공부는 가르치지 않아도 좋으니 애가 선생님 옆에만 있게 해 주십시오. 애미, 애비 없이 혼자 손에 키우려니 걱정이 이만저만 아닙니다."

만수는 아무 말썽도 일으키지 않고 내 말도 잘 들었습니다. 공부도 잘하는 편이었습니다. 그런데 그 애는 수업 시간 조용히 빠져나가서 뒷동산에 멍하니 앉아 있곤 한다는 것이었습니다. 그러다가 교실을 빠져나갈 때처럼 다시 조용히 들어오는 모양이었습니다. 나는 그 뒤로 만수에게 무엇이라고 충고를 했는지, 어쨌는지 기억이 없습니다. 겨우 몇 마디 했겠지요.

나는 다음 해 사표를 내고 교직을 영영 떠났기 때문에 그 뒤로 만수가 어떻게 되었는지 모릅니다. 물론 나는 법관이 되지 못했습니다. 그런데 며칠 전에 갑자기 만수의 꿈을 꾸었습니다. 꿈을 꾸고 여러 날이 지났는데도 잊히지 않아 마음이 착잡합니다.

만수도 이제 60이 넘었을 텐데 무엇이 되어서 어떻게 살았는지 궁금합니다. 내가 죽기 전에 참회해야 할 일이 무엇인가 생각하면 초등학교 교사로 있을 때 저지른 잘못이 떠오릅니다. 숨겨진 희망, 자라나는 가능성을 전혀 돌보지 못했다는 잘못이지요. 그중에서도 만수는 부모도 없이 할머니 손에서 가엾게 자랐는데 선생이라는 자가 전혀 그런 걸 고려하지 않았으니--

그나마 다행인 것은 제가 일찍 사표를 낸 일입니다.

그는 지금까지 살아오면서 반성해야 할 두 번째 잘못, 세 번째 잘못도 이야기했다. 그가 이야기하는 동안 나는 마치 잔잔한 음악을 듣고 있는 것처럼 마음이 편안했다. 누구나 잘못을 저지를 수는 있다. 그 잘못을 50년 동안이나 반성해온 그는 이미 용서를 받고도 남았을 것이다. 나는 무슨 잘못을 저질렀는지, 그것을 누구 앞에서 참회해야 하는지 생각하고 있다.

꽃피는 것 기특해라

뒤 베란다에 어질러진 물건들을 치우면서, 모아 놓은 비닐봉지를 버리려는데 밑바닥으로 '툭'하며 떨어지는 것이 있었다. 쪼그라진 수선화 뿌리였다. 내가 언제 그걸 그 속에 보관해 두었을까. 솔직하게 말하자면 수선화 뿌리는 거기 보관되었던 게 아니라, 유폐되어 있었던 것이다. 긴 겨울 어둠 속에 갇혔다가 우연인지 필연인지 '툭'하는 신음을 내지르며 밖으로 튀어나온 꽃 뿌리.

나는 그 순간 무엇이라고 해야 할까. 미안함과 염치없음. 그리고 일종의 수치심 같은 것을 느꼈다. 그 수치심은 수선화를 대신한 것이라고 해도 맞을 것이다. 서둘러 그것을 투명한 유리병 속에 담갔다. 그리고 참회하는 마음으로 뿌리 바로 밑까지 물을 채웠다. 물속에 넣어 둔 수선화는 샛노란 꽃을 탐스럽게 서둘러 피워냈다. 꽃숭어리의 무게를 견디지 못해 꽃대가 한쪽으로 비스듬하게 구부러지려고 하면서.

오늘이 닷새째인데 날마다 잎이 새로 솟는다. 나는 그를 볼 때마다 아이 낳고 몸조리도 못 하는 산모를 보는 기분이다. 그를 어떻게 해서라도 보살펴 주고 싶은 마음이지만 나는 겨우 볕 좋은 베란다에 내놓을 뿐이다.

금년에는 수선화 꽃피는 건 포기해야 할 것이라고, 살아 있는 푸른 잎만 보여주는 것도 고맙다고 생각했는데, 꽃까지 보여주다니 생명이란 얼마나 위대하고 엄숙한 것인지, 그리고 경이롭고도 아름다운 것인지. 아, 꽃을 피워낸 수선화 마른 뿌리. 날마다 아침에 눈을 떴다 하면 수선화 안부부터 묻는다.

양재천을 걷다 보면 아직 바람끝은 차지만 산책하는 사람들은 부쩍 늘었다. 죽은 듯이 깡마른 나뭇가지들, 개나리 가지마다 볼록하니 솟은 꽃봉오리. 거기 숨어 있는 노란 꽃잎이 준비를 완료하고 '피어라' 명령이 떨어질 때를 기다리고 있을 것이다.

작년 가을에 시들어서 말라비틀어진 덤불 속에는 보얀 쑥 잎이 나오고 냉이 싹도 보인다. 누가 뭐라 해도 봄이다.

생명의 힘 앞에서 마음이 경건해진다. 서정주 시인의 다섯 줄밖에 되지 않는 시.〈봄에 꽃피는 것 기특해라〉를 읊으면서 걸었다.

봄이 와 햇볕 속에 꽃 피는 것 기특해라

꽃나무에 붉고 흰 꽃 피는 것 기특해라

눈에 삼삼 어리어 물가로 가면은

가슴에도 수부룩이 드리우노니

봄날에 꽃 피는 것 기특하여라

세븐 업
Seven up

송 교수님의 초대를 받아 새벽차를 타고 갔다. 그는 나보다 두어 살 연상인 남자 교수인데 학생들에게 존경을 받았다. 나도 꽤 인기가 있었지만 엄밀히 평가하면 송 교수보다는 못했다. 송 교수님이 인격적인 존경을 받았다면 나는 문학이라는 바람을 일으켜서 겨우 얻어 낸 인기라고 해야 할 것이다. 이번 만남의 중간 연락책은 송 교수님의 제자이며 나와 친하게 지내는 유영혜 시인이다. 송 교수님은 사모님과 사별하고 홀로 지내는 남자라서, 내가 비슷한 연배의 여성으로 집으로 간다는 걸 꺼릴 수도 있지만 초대한 사람이 송 교수님이어서 나와 유영혜 시인은 아주 편안한 마음이었다. 집은 매우 깨끗하게 정돈되고 화초도 싱싱하였다.

"이건 우리 집사람이 키우던 것입니다."

송 교수님은 오래되어 통통해진 게발선인장을 가리켰다. 나는 교회 찬양대에서 소프라노를 맡았던 사모님을 생각했다. 2남 2녀가 모두 성공하여 큰아들은 해외에서 치과의사로 선교하고 작은아들은 미국에서 음악가로 성공하였다. 차를 마시고 나자 송 교수님이 아코디언을 켜기 시작했다. 레슨도 받지 않고 독학했다고 했다. 처음에는 찬송가를 나중에는 가곡과 가요를 능숙하게 연주하였다. 그는 창조적인 일로 바쁘게 지내면서 혼자 사는 즐거움을 터득했나 보다. 퇴직 후에도 강연과 선교로 바쁜데 우리가 아주 소중한 시간을 누리고 있음에 감사하였다.

"이 교수님, '7 up'이라는 것 아십니까?", "그것 사이다 아니에요?", "아뇨. 사이다 말고요. 나이가 들어가면서 Clean Up 정결하게 살아야 하고, Dress Up 옷은 궁색하게 입지 말아야 하고, Shut Up 아무 말이나 함부로 하지 말며, Pay Up 솔선하여 지갑을 열고, Cheer Up 신나게 응원하고 칭찬하며, Show Up 여기저기 얼굴을 보이고, Give Up 포기할 것은 빨리 포기하라는 것입니다."

나는 돌아와 지금 며칠 지나지도 않았는데 아마 다섯 군데쯤 이 말을 전했을 것이다. 타당한 말이고 그럴듯한 말이다. 다음 할 일들이 밀려 있어서 일어서려고 할 때 송 교수님은 "우리 아무리 멀리 있고 바쁘게 살아도 일 년에 한 번쯤은 만나야 하지 않겠어요?" 하였다.

"그래야지요." 대답하면서 일 년에 한 번은 너무 늦다. 그것으로는 우선 Show Up이 원활할 수 없고 Pay Up을 하기에도 너무 더디다는 생각이 들었다. 그러나 지금 나는 5년 넘게 그와 만나지 못했다.

지나간 시간

나는 공간보다 시간에 민감하다. 예컨대 '가을날 공원'이면 '공원'이라는 공간보다 '가을'이라는 시간이 나를 지배한다. 공간은 정착되어 있지만 시간은 유동적이기 때문일까. 나는 언제나 내 나이가 터무니없이 많다고 여긴다. 열다섯 살이었을 때도 그 숫자가 많아서 부끄러웠고, '사춘기'라는 말이 창피했다. 그것은 마치 탈선의 징표, 떳떳하지 못한 금기의 암호처럼 들렸다. 서른 살에는 스물에서 밀려나는 것이 섭섭했고, 마흔 살이 될 때는 '마흔'이라는 어감이 둔탁해서 싫었다.

나는 내가 젊다고 생각해 본 적이 한 번도 없다. 과거에만 집착하여 현재를 유실하는 행위는 얼마나 어리석은가? 마치 지나간 다음에야 그 아름다움을 유추하는 것과 같다. 현재를 소홀히 여기고는 추억할 과거도, 전망할 미래도 없을 텐데.

오래된 사진을 들여다보면 '그때는 이미 지나갔다'고 일러준다. 각 나이에는 각기 다른 의미가 있는데도 나는 나이를 나이답게 누리지 못했다. 나이는 절차다. 절차를 뛰어넘어서 제대로 이룰 수 있는 것이 있을까. 옛날 사진을 들여다보면 활짝 웃지 않고 심각한 표정을 지었다. 경망스러워 보일까 봐 그랬을까? 표정이 진지해야 진실한 내일이 열린다고 생각했을까?

높은 산에 오를 때, 시선을 너무 멀리 두면 돌자갈이나 나무뿌리에 걸려 넘어진다. 늪을 지나갈 때, 지나치게 늪의 표면만 보면 방향을 잃어버릴 수가 있다. 스쳐 가는 풍경이 아름답다고 자꾸 돌아다보면 앞으로 나아갈 수 없다. 갈 길이 멀다고 걸음을 재촉하면 목적지에 도달했어도 왔던 길을 모른다.

모처럼 옛날의 사진을 들여다본다. '이건 새댁 때야', '이건 대학 4학년 때였던가?' 그러나 이게 정말 나인가? 의심스럽다. 전설 속에서 튀쳐나온 엉뚱한 누군가가 내 행세를 하는 것도 같고 전생의 그림자가 운명의 지리부도를 놓고 지나간 일을 증명하고 예언하는 것 같기도 하다. 왜 이렇게 낯선 것일까? 나는 늘 낯선 시간 앞에서 망설이고, 머뭇거리다가 밀려간다.

억울하게 살아온 시간은 없다. 나는 그 시절 분명히 거기 있었고, 장마와 폭염, 적설과 태풍이 나를 단련시켰다. 지금부터라도 제대로 느끼며 살아야지. 어제는 감사의 날, 오늘은 축제의 날, 그리고 내일은 꿈꾸던 날이다.

우수절 편지

윤미순 시인. 정성이 담긴 편지 잘 읽었습니다. 단정한 글씨는 여전하시군요. 종일 윤 시인의 편지 내용이 떠오릅니다. 저는 무슨 일에 파묻혀 살았는지 아직 동인지를 개봉도 못했다가 편지를 읽자마자 바로 윤 시인의 시부터 펼쳤습니다. 시는 진실 외에 아무것도 아닌 것, 그 어떤 기교와 장식도 진실 이상으로 아름다울 수 없다는 것, 은유와 상징도 진실 이후의 조건이라는 걸 알았습니다.

나이만 먹었지

세상 물정에 어두웠다

건강하다 믿었던 내 반려가

떠난다는 예고도 인사도 없이

어느 날 갑자기 떠나 버린 후

세상에는 죽을 약만

있는 줄 알았다

밥을 안 먹고 죽어야지

울다가 죽어야지

잠 안 자고 죽어야지

두문불출하다 죽어야지

먹을 것 하나 없는 냉장고 안에

절망만 가득가득 채워 넣었다

끝이 없는 터널과

광풍 부는 황야에서

길을 잃고 헤매다 쓰러졌었다

　　　　　　　　　　　　　－〈로뎀나무〉전반부

　저는 시를 읽으면서 이미 목 안이 부어올랐습니다. 윤미
순 시인은 어느 날 갑자기 홀로 된 후 정말 그랬을 것입니다.
윤 시인의 글이 감동이었다고 한 백추자 시인의 말에 공감

합니다. 그분도 프랑스에서 십 년간 박사 공부하는 동안 고생을 많이 했고 인생의 저녁나절 배신이나 다름없는 이별을 했기 때문인지 도량이 더 화통해지고, 인생을 달관한 듯이 평화롭더군요. 광주에서 하룻밤 백 시인과 지내면서 저도 아주 큰 것을 깨달았습니다.

그는 무엇보다도 감사를 알고 긍휼을 알고 있었습니다. 포기가 아닌 체념을, 후퇴가 아닌 용서를. 우리 친구들이 이렇게 조금씩 변해가는 모습을 보면서 나도 옛날과 조금은 달라졌을까? 생각합니다. 오늘은 우수절 날씨가 푹합니다. 나도 친필로 쓴 편지를 우체국에 가서 부쳤으면 좋을 텐데 겨우 이렇게 '메일'이라는 수단으로 보냅니다. 부디 평안하소서.

이상한 여자

마을버스 정류장에는 그 여자 한 사람뿐이었다. 여자는 밝은 미소를 띠고 나를 보았다. 30대 후반 아니면 40대 초반이나 될까? 아니 그보다 더 젊을지도 모르겠다. 잘 아는 사이거나 전에 인사를 나눈 사이가 아니면 그런 표정을 짓지 않는데 나는 좀 당황했다.

"춥죠? 집에서는 따뜻하기에 옷을 껴입지 않고 나왔더니 춥네요."

나는 여자의 말에 약간 웃는 표정만 짓고 다른 말은 하지 않았다. 여자는 계속 내게 무슨 말을 하고 싶은 표정이었고 그 말은 내 귀에 듣기 좋은 말일 것 같았다. 정류장에는 그 여자와 나 말고 다른 사람은 없었다. 여자의 차림새는 평범하고 핸드백 말고 종이가방을 하나 들고 있었다. 내가 그를 이상한 사람이라고 생각한 것은 모르는 사람에게 보이는 그의 표정 때문이었다. 친절하고 밝은 얼굴은 세련된 교양을 나타내지만, 우리나라 사람들은 면식이 없는 사람들 앞에서 담담한 표정이나 무표정한 얼굴을 짓는다. 때로는 무표정한 얼굴이 약간 화가 난 듯이 보이기도 해서 우리는 '뚱'한 표정에 길들어 있다.

모르는 사람에게 웃거나 아는 체를 하면 '왜 저러지?', '이상한 사람이야.' 의심한다. 엘리베이터 안에서도 서로 모르는 사람들 간에는 인사하지 않는다. 그것이 때로는 답답하다고 생각하면서도 그냥 그렇게 살아가고 있다. 친절한 여자가 이상하게 보이다니. 나도 모르게 굳어진 촌티, 잘못된 선입견 때문일 것이다. 조금 후에 59번 버스가 왔으나 내 행선지와는 무관한 버스였다. 나도 그 여자도 버스를 타지 않고 그냥 보냈다. 그 여자가 다시 물었다.

"25번이나 39번 버스는 지나갔나요?", "잘 모르겠어요." 모를 수밖에 없다. 나는 그 여자보다도 더 늦게 정류장에 도착하지 않았는가? 그런데 내게 그걸 묻다니. 아무래도 이상한 여자임에 틀림이 없었다. 나는 본능적으로 가방을 들고 있는 오른손에 힘을 주었다. 조금 후에 25번 버스가 왔는데 돌아다보니 그 여자도 함께 타고 있었다. 버스는 자리가 많이 비어 있지만 나는 일부러 여자와 멀리 떨어진 자리에 앉았다. 그 여자도 내가 내리는 역에서 내렸는데 그 후로는 잘 모르겠다. 여자도 전철을 탔을 것이다.

　나는 오늘 친절하고 상냥하고 예쁜 여자를 이상한 여자라고 단정하였다. 그 여자는 나를 이상한 여자라고 생각했을지도 모른다. 천지 사방을 둘러보면 여기저기 이상한 사람들뿐이라니, 내가 한심하다.

우리 동네

집으로 오는 골목길에 '○○ 집'이라는 음식점이 있다. 그 상호와 똑같은 이름의 음식점이 서울 시내 몇 곳에 있는 걸 보면 요즘 유행하는 체인점인가 보다. 음식의 메뉴가 단일하지만 거기 딸려 나오는 여러 종류의 반찬들이 신선하고 깨끗해서 몇 번 손님들을 모시고 갔다.

모스크바에 있던 준이가 다니러 왔다가 떠나는 날도 애를 잘 먹여 보내겠다는 생각으로 ○○ 집에 갔었다. 나는 누구를 푸짐하게 먹이고 싶거나 폼을 잡고 싶어질 때면 ○○ 집에 가곤 한다. 그러나 양이 많아서 우리 두 식구만 먹기에는 적절한 집이 아니다.

요즘 불경기가 계속되면서 우리 동네에 폐업하는 음식점이 여럿이다. 어떤 집은 일인 분 11,000원 하던 돼지 불갈비를 7,900원으로 낮추고 거기 된장 백반까지 덤으로 준다. 한 사람당 16,000원 하던 쇠고기 숯불구이를 12,000으로 낮춘 집도 있다. 살아남으려는 눈물겨운 투쟁이 벌어지고 있는 거다.

오늘은 갑자기 소나기가 내리는데 비를 잠시 그으려고 ○○ 집 앞에서 멈췄었다. 얼핏 들여다보니 손님이 두 사람밖에 없었다. 시간은 오후 두 시가 채 되지 않은 때였다. 5, 60명은 족히 수용할 수 있는 집에 겨우 두 명이라니. ○○ 집 처마 밑으로 좁은 간격을 두고 줄줄이 밝힌 작은 등불들. 그 불빛조차도 우수를 머금은 듯했다. 우리는 시내에서 친구를 만나 점심을 거하게 먹고 돌아오는 중이었다. "○○ 집 어떻게 해요? 저러다간 전기세도 나오지 않겠네요." 나는 그 집에 들어가서 팔아주지도 못하면서 입으로만 걱정하였다.

꽃가게를 하는 제자가 있다. 어디 상을 타는 사람이 있거나 개업하는 집이 있으면 나는 그 제자에게 부탁하여 화분을 준비하도록 한다. 그리고 다른 사람들에게도 열심히 소개한다. 어떤 사람이 "선생님 제자니까 제게도 값을 좀 싸게 줄까요?" 물었다.

 꽃값은 잘 모르지만, 제자니까 그냥 믿고 사는 것이다. 값이 싸면 얼마나 싸겠는가. 그러나 시들지 않은 꽃으로 정성 들여서 보내주리라 믿는다. 동네에 가게가 생겼을 때 주인이 엉뚱한 값을 요구하지만 않는다면 나는 그 가게에서 사고 싶다. 우리 동네 가게니까. 동네 주민을 믿고 가게를 열었을 것이니까. 만일 ○○ 집이 장사가 되지 않아 문을 닫아버리면 그 책임의 일부는 우리 동네에 있을 것이고 내게도 있을 것이다.

No problem!

진옥이가 우리를 위해 전세를 낸 바닷가 리조트에서 우리는 함께 9일간을 보냈다. 날마다 추억 속에서 시간 가는 줄 몰랐다. 한국은 무슨 일이 일어나고 있는지 뉴스를 날마다 들어도 궁금하고 답답한 건 똑같았다. 이제는 돌아가야 할 때가 되었나 보다. 돌아오는 길 버지니아에서 하룻밤을 묵었다가 메릴랜드 진옥이네 집으로 돌아왔을 때였다.

명숙이의 얼굴을 보니 아무래도 무슨 걱정이 생긴 눈치였다. 어디서 잃어버렸는지 아무리 찾아도 스마트폰이 없어졌다는 것이었다. 미국의 가족과 한국에서 여행 온 가족, 일행

열한 명이 하루에도 몇 번씩 번갈아 가며 물건을 잃어버린
다. 우리가 놀라고 안도하고 다시 놀라면서 지내기 때문인
지 스마트폰을 잃어버렸다고 해도 아무도 놀라지 않는 기색
이었다.

"어디 있을 거야, 잘 찾아봐."

나도 캐나다에 도착한 바로 다음 날 브런치를 끝내고 돌
아오니 스마트폰이 없었다. 놀라서 찾는 내 모습을 보고 정
장로님이 즉시 차를 몰고 식당으로 달려가서 찾아왔다. 비
치하우스에서도 카메라가 어디 있는지 찾고 있는데 자동차
뒷좌석에서 찾아냈다. 나만 그런 것이 아니다. 여기저기서
선글라스를 어디 두었는지 모르겠다고도 하고, 카드가 없다
고 하였다가 찾아내었다. 이런 일이 자주 반복되니까 누가
무얼 잃어버렸다 하면 폭소부터 터진다.

"여권만 잘 챙기면 돼." 이제는 모두 이골이 난 목소리로
말한다.

"찾을 곳은 다 찾아봤어."

명숙이의 스마트폰은 바로 캐나다로 오기 전날 저녁에 산
것이니, 아직 사랑 땜도 못한 것이었다. 리조트 주인에게도
아침 식사를 했던 식당과 간밤에 머물렀던 호텔에도 연락
했지만, 모른다는 대답이다. 그래도 한국에 있는 남편에게

는 이 사실을 알리지 말라고 했다. 기다리면 찾을 수도 있는데 공연히 앞질러서 걱정 끼치지 말자는 뜻이었다. 그러나 하루를 기다려도 이틀을 기다려도 스마트폰의 거처는 알 수 없었다.

결국 명숙이는 남편과 통화하면서 스마트폰 분실 사고를 자수하였다. 그러자 그의 남편은 한 박자에 "No problem!"이라고 하더란다. 우리는 모두 멋진 남편을 칭송하였다. 그는 아내의 스마트폰을 계약하면서 보험까지 들어두었단다. 내가 사고를 치면 남편이 "No problem!"을 외칠까? 각자는 그런 생각을 하며 명숙이를 부러워하였다. 사고를 치지 않을 생각은 하지 않고 No problem을 외칠 사람만 찾다니, 사고는 칠 수밖에 없는 모양이다.

어떻게 살았을까

어떻게 그 세월을 살아냈을까? 보리방아를 찧어 아궁이에 불을 피워서 대가족들 삼시 세끼 밥을 어떻게 해 먹였을까. 집안에 우물이 없으면 동네 우물터까지 나가 물길어 나르면서, 냇가에 나가 빨래하고 시집살이하면서 7남매건 8남매건 생기는 대로 애들을 낳아 기르면서 어떻게 살았을까. 밤이면 어두운 등잔불 아래서 길쌈도 하고 옷을 깁고 꼭 두새벽 눈 비비고 어떻게 일어났을까? 하루만 신어도 구멍이 나는 양말과 버선을 기워대고 명주옷 다듬이질하고 손수 말라 바느질하면서, 때로는 시앗 꼴도 보고 아들을 낳지 못

하면 구박받으면서 어떻게 살았을까? 부모가 그리운데 친정에도 못 가고 어떻게 살았을까?

도저히 이해할 수 없는 초능력을 발휘했던 선배 여성들의 삶이 존경스럽고 고맙다. 그때는 시부모 시할머니 시동생 시누이 손아랫동서 손윗동서 조카들이 줄줄이 있었다. 이들이 그저 귀찮고 골치 아픈 존재만은 아니었다. 고모나 삼촌이나 할머니가 일거리를 보태주기도 하지만 일을 거들어 주기도 했을 것이다. 바쁠 때는 불도 때주고, 물도 길어주었을 것이다. 함께 빨래하면서 이약이약 나누며 마른빨래를 개고, 살림의 지혜도 배웠을 것이다.

상을 물린 후에야 부엌에서 몇 숟가락 뜨는 둥 마는 둥 하면서도 그것이 인생이려니 했고 불행하다고 생각하지 않았을 것이다. 여자가 밥하는 사람이냐? 왜 남자들이 하루 세끼 집에서 먹으려고 드느냐? 왜 여자만 아이를 낳아야 하느냐? 세상에 그런 말이 있는 줄도 몰랐다. 오늘날의 여성들이 옛날보다 몇십 배의 자유와 권리를 누리지만 불행하기로는 옛날 여성들보다 훨씬 더 심각하다.

오늘날은 핵가족으로 세 식구 혹은 네 식구가 단출하게 살지만, 아이들 유치원 들어가면서부터, 피아노학원, 태권도장~~~ 그 밖의 헤아릴 수 없이 많은 곳. 그중 적어도 두세

군데는 실어 나르고 데려오고 하느라 전업주부들도 쉴 틈이 없다. 남성과 동등한 고학력자인 현대의 여성들은 결혼과 출산으로 자기 능력을 계발하지 못해서 억울하다. 결혼 후면 집안에 들어앉아 겨우 이런 일이나 하려고 머리 싸매고 공부하여 명문대학에 가고 일류기업에 취직하려고 애를 썼나, 자신의 처지가 참담하다. 인간의 진정한 행복이란 무엇인가 의심하면서 우울증을 앓고 자기혐오에서 헤어 나오지 못한다. 가끔 가치관에 혼란이 올 때면 침묵하는 바위와 같았던 옛날 여성들을 생각한다.

당신의 덕입니다, 고맙습니다

그날 시낭송회는 생각보다 훨씬 만족스럽게 끝이 났다. 연말 바쁜 시기에 참석해 준 여러 후배 문인들과 그들이 인솔한 시 애호가들께 감사한다. "저도 가고 싶은데 괜찮을까요?"라고 즐겁게 참여한 사람들이다. 음악 카페는 대인동의 뒷골목에 있었다. 실내에는 작은 무대가 있고 피아노 뒤로는 바이올린이 몇 개 걸려 있었다. 마이크의 성능도 좋았다.

카페의 주인 부부는 젊은 시절 외국에서 음악을 공부한 사람들이라고 하였다. 그러나 근래에 외국에서 유학한 음악가들이 많아지고 있을 뿐, 그들을 수용할 무대는 턱없이 부족하다. 게다가 그들은 한 해 한 해 나이가 들어서 불러주는 자리가 점점 줄어들고 있다고 한다. 음악 카페의 주인 부부는 이러한 현상을 대표하는 본보기였다. 벽에는 그들이 젊었을 때 사진이 걸려 있었다. 찬란한 의상의 프리마돈나, 지금의 외모와는 많이 달라서 전혀 그 사람이라고 생각할 수 없는 모습이었다.

"저는 이 카페의 주방장이고 주인이고 심부름꾼입니다."

테너인 남자 주인이 말했다. 젊은 시절에는 대단한 능력을 발휘했을 그. 그는 우리가 청하지 않아도 자발적으로 노래를 몇 곡 불렀고 부부가 이중창을 하기도 했다. 우리는 소리 높여서 앵콜을 외쳤고 그들은 기쁜 듯이 받았다. 퇴락한 고택을 보는 것처럼 마음이 자꾸 쓸쓸하였다. 가슴 한복판 골을 타고 이상한 슬픔이 흘러내렸다. 마무리하는 시간 몇 사람이 노래를 불렀는데 나는 슬픔 때문인지 갑자기 노래를 부르고 싶어졌다.

"저도 한 곡 부르겠습니다." 마이크를 잡고 섰다. 모두 깜짝 놀라면서 환호하였다. 나로서는 처음 있는 일이다. 정미조의 〈개여울〉이라는 노래를 불렀는데 템포가 많이 느리게 되어 있어서 마음대로 감정을 표현할 수가 없었다.

"여러분 고맙습니다. 오늘은 아름답고 고결한 문화에 젖을 수 있어서 행복했습니다. 카페를 운영하시는 두 분 음악가의 덕이고, 모여주신 여러분의 덕입니다. 앞으로도 시낭송회를 어디에서 할 것인가 고민하실 필요가 없겠어요. 이 자리가 가장 적절하고 훌륭한 장소가 아니겠습니까? 오늘 우리는 훌륭한 음악으로 과분한 대접을 받은 것입니다. 감사합니다."

우리가 나올 때 주인이 따라 나와서 허리를 꺾어 깊이 인사하였다. 지금도 가슴에 찬바람이 지나가는 것처럼 싸아하다.

경비아저씨

아파트 내에 오래된 나무들이 많아서 요즘은 낙엽이 많이 뒹굴어 다닌다. 특히 은행잎이 많다. 어제는 눈비가 촉촉이 내렸는데 경비아저씨가 대비로 낙엽을 쓸고 있었다. 낙엽은 물에 젖어서 잘 쓸리지 않는 것 같았다.

"힘드신데 자꾸 쓸어내지 마세요. 끝도 없이 계속 떨어지고 있는데 힘드시지 않아요? 그대로 두어도 멋있어요."

내가 자기를 염려해준다고 생각한 경비아저씨가 갑자기 속마음을 털어놓았다.

"21일까지만 하고 저 그만둡니다."

"왜요?"

"정년이 되었어요. 만 65세가 정년인데 사실 제 나이가 68입니다. 호적이 잘못되어서 덕을 본 것이지요."

경비아저씨 둘이 서로 교대하면서 근무하는데 몇 달 전에도 한 사람이 그만두어서 새로 들어온 사람이 그 자리를 채우고 있는 중이다. 그런데 이 아저씨까지 그만두면 새로 들어온 사람 둘이서 우리 동 경비를 맡을 것이니 좀 불안하기도 하였다.

"그러세요? 진작 말씀하시지… 섭섭하네요. 퇴직 후에는 편해지시겠네요."

아저씨는 내 말이 떨어지기가 무섭게 말하였다.

"새 일자리가 생겼습니다. 제가 원래 영어 교사였거든요. 그래서 영어 기숙학원에서 학생들 피드백을 맡아서 해주기로 되었습니다. 원래 그 자리에 가려고 여러 번 원서를 냈는데 경쟁자들에게 밀려서 가지 못했는데 이번에는 다행히 되었습니다."

나는 축하한다는 말을 하고 또 했다. 많이 배우지 않았을 것이라고 생각한 적은 없지만, 대학을 졸업하고 영어 교사를 한 아저씨라는 것이 놀라웠다. 그리고 그런 사실을 그가 떠나면서 겨우 알게 된 것이 미안하고 섭섭했다. 미리 알았다 해도 내가 더 특별하게 대접할 일은 없었겠지만, 그래도 무엇인가 모르게 미안했다. 왜 교사 자리를 떠났는지 얼마 동안 교사 생활을 하였는지는 몰라도 된다.

그는 우리 아파트의 궂은일도 열심히 했다. 눈이 오면 눈을 쓸고 낙엽이 지면 낙엽을 쓸고 우편물과 택배 관리도 철저히 잘했다. 마트에서 한꺼번에 많은 물건을 사서 들여올 때는 친절하게 현관 앞까지 날라다 주기도 했다. 말없이 묵묵히 까다로운 주민들의 요구에도 아무 불평 없이 원만하게 대해 주었다. 훌륭한 인격자구나 하는 생각은 늘 하고 있었다.

경비아저씨가 그만둘 날이 모레다. 세어보니 이틀밖에 남지 않았다.

슬픈 명사

오늘 민이가 '어머니'라는 제목의 시를 보여주었다. 쓸 말이 많은데 마음만 벅찰 뿐, 써 놓고 보니 너무 시시하다고 하였다. 민이는 어머니와 사별한 지 1년이 좀 지났다.

어머니를 온전하게 표현하는 건 거의 불가능하다. 어떻게 써도 정답이 아니고 어떻게 써도 오답이 될 수 없다. 어머니라는 제목의 시에서는 특별한 수식어도 필요하지 않다. 수식하지 않아도 어머니라는 말이 이미 어떤 수식어도 능가하는 힘과 의미를 가졌기 때문이다.

'어머니'라는 시에서 어머니가 그리워서 울었다느니, 어쨌다느니 하는 것은 그 말이 참말이라는 걸 알더라도 독자들이 먼저 그 진실 위에 서 있기 때문에 싱겁게 들린다. 이 세상 사람들이 어머니가 누구인가, 어떤 존재인가를 알고 있으며, 어머니의 무게가 어떤 것인가를 알고 있다. 그리고 그를 향한 자식들의 마음이 어떤가도 알고 있다. 그러므로 한 치의 과장이나 한 치의 부족함도 허락되지 않는다.

'어머니'라는 제목으로는 차라리 담담하게 쓰는 게 좋다. 보통 때 하던 방식대로 말해도 독자는 이미 그 이상을 느낀다. 글을 쓰는 사람이 이 글은 시니까 아무래도 함축된 의미가 있어야겠지, 그런 계산으로 쓰기 시작하면 좋을 리가 없다. 어머니에 대한 글은 단순한 작문이 아니다. 어떻게 써도 아픈 고백이며 슬픈 참회다. 하기야 어떤 글이거나 마음에 맺힌 참회요 고백이라는 점에서는 다르지 않지만, 시에서는 더욱 그렇다는 말이다.

'어머니'라는 말은 유행을 타지 않는다. 현대시에 그런 주제는 맞지 않는다거나, 요즘 세상의 추세와 거리가 멀다는 말은 통하지 않는다. 잘못 쓴 '어머니' 시를 읽는 것보다는 차라리 대중가요 〈비 내리는 고모령〉을 따라 부르는 것이 열 배나 나을 것이다.

'어머니'라는 말은 아무렇게나 두루 통할 수 있는 말이 아니다. 어머니는 까다로운 말이 아니지만 쉬운 말도 아니다. 우리가 함부로 대접했던 어머니라는 말은 우리가 알고 있는 이상으로 거룩하고 슬픈 명사다.

근원이라는 말, 고향이라는 말, 사랑이라는 말, 그리움이라는 말, 참음이라는 말, 용서라는 말, 기다림이라는 말, 허락이라는 말, 힘이라는 말, 슬픔이라는 말, 그리고 또 세상의 모든 아름다운 가치와 의미가 있는 말을 모두 통합하여 한마디 말로 하면 '어머니'라는 말이 될 수 있을까. 내가 어쩌다가 시인도 되고 대학교수도 될 수는 있었지만 감히 어머니가 되다니! 얼마나 외람된 일인지 모르겠다.

생각난다

왜 요즘 갑자기 고등학교 때 음악 선생님 생각이 나는 걸까?

그분은 귀가 어둡다고 하였다. 타고날 때부터 그랬는지 살다가 그랬는지는 모르겠다. 귀가 어두운데 어떻게 음악을 전공하게 되었을까, 귀로 듣지 않고 마음으로 듣는 것 같았다.

여선생님이고 나이가 지긋한 부인이었다.

원래는 서울분인데 6.25사변 통에 피난을 와서 수복이 된 후에도 서울로 돌아가지 않고 전 가족이 K시에서 눌러살았다. 남편은 내과 의사인데 다리를 좀 절었다. 따뜻하고 인자한 분이었다.

아내는 귀가 먹고 남편은 다리를 절어도 그들의 얼굴은 늘 광채가 나는 것 같았다. 시골에서 평범하게 살 사람이 아닌, 지체 높은 사람 같은 향기가 있었다. 언제나 겸손하고 친절하였으며 입가에는 부드러운 미소를 짓고 있었다.

이와 같은 여름이면 음악 선생님은 하얀 모시 적삼에 꽃자주색 여름 비로드 치마를 입었었고 얼굴에는 화장기가 전혀 없었다.

선생님은 조용조용한 목소리로 속삭이듯이 말했다. 조용히 하지 않으면 잘 들리지도 않는데, 학생들은 선생님의 귀가 어둡다는 것만 믿고 마음껏 떠들고 버릇없이 함부로 까불었다.

그러나 그분은 학생들에게 하나하나 노래를 부르게 한 다음 그가 어느 부분에서 어떤 음이 틀렸는가 용케도 잘 구분하여 지도하였다. 음악 선생님은 〈슈베르트의 세레나데〉를 한 달이 넘게 가르쳤는데 학생들은 지겨워하였지만, 선생님은 취한 듯이 눈을 감고 피아노를 쳤다. 음악을 하는 사람은 귀가 잘 어두워지고 그림을 그리는 사람은 눈이 잘 나빠지는 일, 그들이 가장 중시하는 감각에 이상이 생긴다는 것이 안타깝다. 그동안 너무 혹사했다는 말일까?

베토벤도 말년에 귀가 먹었다는데 그가 작곡한 중요작품 중 일부는 완전히 소리를 들을 수 없게 된 마지막 10년 동안에 작곡된 것이라고 한다. 베토벤은 그야말로 영웅적인 투쟁으로 몰두했을 것이다.

'너무 더워서요', '눈이 까슬까슬해서요', '바빠서요'…… 내가 걸핏하면 내다 거는 이런 핑계들은 얼마나 우스운가. 얼마나 어리석은가. 귀가 어두운데 눈을 감고 피아노를 치던 옛날의 음악 선생님. 지체 높은 가정의 귀부인 같던 분. 올여름에 자주 그분이 생각난다.

행복 절대 분량

학기말 시험 결과를 공지한 후에 한 학생이 아주 기분 좋은 얼굴로 내게 다가오더니,

"A 학점을 주셔서 고맙습니다." 하였다.

"내가 준 것이 아니라 네가 잘해서 받은 것이지."

사실이 그러므로 나는 담담하게 대답하였다. 그런데 그 학생을 며칠 후 다시 만났을 때, 전과는 아주 다른 얼굴이었다. 저와 가까운 다른 학생이 A+를 받았기 때문에 좋아하던 며칠 전의 마음과 달라진 것 같았다. 행복이란 이렇게 단순 비교에서 오고 가는 하찮은 것인가?

귀한 물건인데도 너나없이 모두 가지고 있으면 전혀 귀한 줄 모르지만, 아무도 가지지 못했는데 오로지 나만 가지고 있어서 귀한 보물이 되는 것이다.

누구도 내게 해로운 일을 하지 않았는데도 공연히 기분이 언짢은 날이 있다. 그러나 곰곰이 생각해보면 '공연히' 기분이 나쁜 것만은 아니라는 것. 비슷한 연배의 친구(친하면 친할수록 더욱)가 승진했거나, 신문 기사에 크게 취급이 되어 유명세를 탔거나, 친구의 자식이 잘되었거나 무슨 일이 있기 때문이라는 것이다.

다른 사람들에게는 좋은 일들이 속속 일어나고 있는데 '나는 이게 뭐란 말인가? 나만 찬밥신세인가? 자식도 남의 자식들은 잘되건만 내 자식들은 뭘 하고 있는가?' 소외감을 느끼고 좌절감을 느끼고 드디어 나는 불행하다고 못을 박는다는 것이다. 불행이 불행한 것이 아니라, '나는 불행하다'고 스스로 판정하는 행위 그 자체가 불행이라는 것을 그들은 모른다.

어디선가 "고통 절대량"에 대한 글을 읽었다. 누구에게나 균등하게 치르지 않으면 안 되는 고통의 절대량이 있다는 이론이다. 그 고통을 언제 어떻게 겪느냐가 문제일 뿐, 어떤 형태로든 치러야 하는 고통의 절대 분량.

우리도 절대적 빈곤의 시대에는 눈물에 젖은 찬밥을 나누어 먹었었다. 그러나 상대적 빈곤에서는 질시의 눈만 부릅뜬다. 나에게 있는 것은 당연하고 남이 차지하는 것은 이상한가? 고통 절대 분량이 있다면 행복 절대 분량도 있을 것이다. 언제든 주인을 찾아올 정해진 분량의 행복. 행복이 일찍 찾아왔다고 좋은 것은 아니지. 오히려 정해진 분량의 어두운 일들이 망설이지 말고 왔으면, 어서 와서 나는 그와 서둘러 결별하고, 내 앞에 남아 있는 행복의 절대 분량만 개봉도 하지 않은 천연의 상태 그대로 맞아들일 것이니까.

그래도 희망을 품고 있었다

오늘 오전에 헌인릉에 다녀왔다.

집에서 가까워도 거기에 가볼 생각이 나지 않았었다. 헌인릉은 우리가 국문학과 3학년이었을 때 가을 소풍을 갔던 곳이다. 나는 소풍을 잘 가지 않았는데 헌인릉 소풍과 서오릉 소풍만은 또렷하게 생각난다.

헌인릉까지는 버스를 타고 말죽거리까지 왔을 것이고 거기서 한 시간이 넘게 걸었을 것 같다. 시골길을 오래오래 지나갔던 생각이 난다. 그래도 코스모스가 논두렁 밭두렁에 만발해 있었고, 우리는 삼삼오오 노래를 부르면서 걸었다.

날씨도 유난히 화창했다. 요즘 같으면 스마트폰으로 사진을 찍어댔을 테지만, 그때는 카메라가 없으면 사진 한 장도 찍을 수 없었다.

모두 가난하고 어둡고 앞길이 보이지 않는 때였다. 어느 누구도 신나거나 기쁜 사람은 없었다. 그런데도 우리는 꿈에라도 불행하다고 생각하지 않았다. 더구나 절망 같은 것은 우리에게 없었다. 막연한 대로 희망을 품고 있었을 것이다. 알 수 없는 미래가 우리를 안내할 것이며, 우리는 약속된 자리에서 주인공이 되리라고 생각했던 것 같다.

남학생들은 술을 마셔댔고 김 교수님도 취해 있었다. 그리고 김 교수님은 드디어 흐느끼며 우셨다. 무엇 때문에 우시느냐고 아무도 묻지 않았다. 묻지 않고도 우리는 선생님을 이해하고 있었던 것 같다. 남학생 몇 명도 취해서 함께 울었다. 대학생과 교수가 울어도 누가 간곡히 말리거나 난처하게 생각하지도 않았었다. 매우 흥분을 잘하시고 어린애처럼 순수하시던 김 교수님, 김 교수님은 희곡론을 강의하셨는데 소설가 나도향을 매우 좋아하셔서 그에 대한 일화도 많이 남기셨다.

요즘 대학생들도 소풍이라는 것을 갈까? 아마 가지 않을 것 같다. 가더라도 소풍이라는 이름으로 가지는 않을 것이다. 옛날의 우리처럼 버스 타고 오래 걸어가는 소풍도 하지 않을 것이다. 누구 몇 사람이 승용차를 운전하고 가든지 교외선 전철로 가든지, 봉고차라도 전세를 내겠지. 기타를 가지고 가는 학생도 있겠지만 거기 가서 우는 교수는 없을 것이다.

오늘 오전 헌인릉에 수십 년만에 가서 옛자취를 살펴보았다. 그러나 아무 데도 그날의 기운은 없었다. 어디에선가 뿌리를 내렸고, 날개를 달고 날아가기도 했겠지.

집에서 얼마 되지 않은 거리의 구룡터널을 건너면 별로 멀지도 않은 헌인릉을 나는 수십 년만에 처음 갔다. 실버는 우대하여 입장료를 한 푼도 받지 않았다.

그 잘난 계집애

어머니는 나를 낳고 사흘도 못 되어 부엌으로 내몰던 할머니를 원망했다. 몸조리하지 못해서 나이 들수록 허리도 무릎도 성치 않다면서.

"그 잘난 계집애나 낳고서…" 연신 혀를 차며 장지문을 열었다가 다시 세차게 닫곤 하셨다는 할머니. 두 번째도 아니고 첫애인데 너무 성급하셨다. 딸만 내리 다섯을 낳은 고종사촌 올케는 아무도 섭섭함을 드러내지 않았건만, 아이를 낳자마자 대문 앞에 나와서 소리소리 외쳤단다. "동네 사람들!!! 딸 다섯이 뭐가 많아요." 그 뒤로 올케는 떡두꺼비 같은 아들을 내리 낳았다.

할머니는 손끝이 맵고 꼼꼼하였다. 할머니가 손으로 박음질해 만든 누비 코트를 입고 학교에 갔을 때, 여선생님들은 내 외투를 벗겨 뒤집어까지 보면서 감탄했었다. 할머니가 그 솜씨로 배냇저고리까지 사내애 것으로 만들어 놓고 아들 낳기만 기다렸다니 무얼 믿고 그러셨을까. 내가 수예나 재봉 점수가 좋았던 것은 할머니를 닮았기 때문이라고 어머니도 그것만은 인정하였다.

할머니는 막내아들인 아버지밖에 모르셨다. 할머니 눈에는 며느리도 손자·손녀도 보이지 않았다. 우리가 아버지와 같은 상에서 밥을 먹을 때면 먹을 만한 것은 부지런히 아버지 앞으로만 옮겨놓으셨다.

"어머니, 애들도 먹게 그냥 두세요. 어머니가 저를 생각하시는 것처럼, 저도 이 애들이 사랑스러워요." 그래도 할머니에게는 그런 말들이 들리지 않아서 다음날도 그다음 날도 마찬가지였다.

그러던 할머니가 그 아들을 하루아침에 앞세워 보내셨으니 그 참담한 심경이 어땠을까? 큰아버지 집으로 거처를 옮기시던 날, 어머니와 할머니는 한 몸으로 엉키어 대성통곡하였다. 명절이나 제삿날에 뵈러 가면 "불쌍한 것들 아비도 없이 어떻게들 살았느냐? 단 한 마디뿐이었고, 오래오래 혼자 흐느껴 우셨다. 큰어머니는 그런 할머니를 나무랐다. 아마도 날마다 울며 지내셨을 것이다. 울다 울다 지쳐서 창자까지 상했을까, 아버지 떠난 후 일 년도 못 되어 할머니도 세상을 떠나셨다.

내가 훗날 고등학교 교사가 되어 첫 월급을 탔을 때, 어머니는 할머니께 드릴 선물로 그때 유행하던 빨간 케시미아 내복을 사 오라 하였다. 할머니 묘소에서 그것을 태워 재를 묻으며, "지금 네 할머니가 살아 계신다면 얼마나 좋겠니. "그 잘난 계집애" 값을 두고두고 해드릴 수 있을 텐데" 하셨다.

숲
이
라
고
말
할
때
면

　'숲'이라는 말이 좋다. '숲'이라고 한 다음엔 아무 말도
하지 않고, 정결한 고요에 잠기고 싶다. 숲이라는 말에서
는 청량하고 깨끗한 바람 소리가 난다. '숲'이라고 할 때의
'ㅅ'은 산, 시, 사슴, 새, 수채화, 사립문, 숨결, 사람, 시내. 솔
바람 같은 명사들과, 살아가다, 속삭이다, 시작하다, 사랑하
다, 사무치다, 섬기다와 같은 동사와, 순수하다, 수수하다,
순결하다와 같은 형용사의 첫소리가 된다. 그래서 그럴까?
'숲'의 가운뎃소리 'ㅜ'는 밖으로 퍼지지 않게 아늑한 그늘
과 무게를 실어주며, '숲'이라고 할 때 입모습이 안으로 모

아지는 것도 오붓한 숲의 모습을 닮았다.

숲은 한 그루 한 그루 나무가 모여 이룬 나무들의 마을이다. 바로 얼마 전에 급작스럽게 조성된 마을이 아니라 오랜 역사와 전설, 위아래의 질서가 있는 유서 깊은 마을이다. 사람들이 늘수록 세상은 소요와 번잡에 싸이지만 나무들은 여럿이 모여들수록 더욱 은밀하고 깊어진다. 숲에 들어서면 성전에 들어섰을 때처럼 마음이 경건해진다. 새들의 노래와 날갯짓 소리가 이따금 들리고, 숲길 아래로 흐르는 개울물 소리가 나무들의 녹색 그늘을 가볍게 흔들 뿐, 숲은 조용하다.

숲을 거닐 때면 발밑에서 부서지는 낙엽 소리조차 너무 커서 조심스럽다. 만일 나무 한 그루 한 그루를 사람으로 비유한다면 생각이 깊고 지혜로우며 인자한 사람일 것이다. 봄내 여름내 태양을 사모하다가 가을이면 다소곳이 발아래 잎을 떨어뜨리고 묵상하는 나무. 아무것도 바라지 않고 제가 서 있는 자리에서 거기를 비옥하게 하는 숲. 숲은 홀로 솟으려 하지 않고, 함께 일어서서 어우러진다. 숲의 시선이 선하고 아름다운 것은 그 때문일 것이다.

나는 숲이라고 말할 때 '꽃'이라고 말할 때처럼 가슴이 충만하게 차오른다. '숲'이라고 말할 때가 '꽃'이라고 말할 때보다 훨씬 편안하다. 꽃은 사랑받는 일에 익숙하지만, 숲은 아무것도 바라지 않으면서 나누려는 마음과 바치려는 마음으로 다른 생명을 감싼다.

어머니는 "숲이 되고 싶다"고 하셨다. 어머니가 8월에 돌아가시자 좋아하시던 진분홍 배롱나무 세 그루를 심었다. 어머니는 해마다 배롱꽃으로 오신다. 나도 죽으면 좋아하던 은사시나무나 태산목이나 자작나무로 서서 숲의 일원이 되고 싶다. 내가 좋아하는 나무들 몇 그루, 그 발아래 조용히 엎드려서 그들을 키우고 싶다.

케냐커피와 햇대추

시인 셋이서 번개팅을 하였다. 그 중 한 사람, 김 시인은 용인에서 오고, 다른 한 사람 박 시인은 덕소에서 왔다. 마침 그 시간에 두 사람이 모두 집을 지키고 있었기 때문에 번개 팅이 순조로웠다. 미리 날짜를 잡고 시간을 맞추고 하려면 잘되지 않을 텐데, 그냥 벼락같이 만나자고 했더니 오히려 간편하였다.

"하늘은 맑고 이렇게 10월도 가고 있구나, 눈물이 나려고 했는데 선생님 전화를 받았어요. 고마워요."

박 시인의 목소리가 사춘기 소녀처럼 들떠 있었다.

"몇 시까지 가야죠?"

"지금 바로 오세요."

'지금'이라고 말한 것이 11시 40분쯤 되었을 때인데 3호선 매봉역 4번 출구에서 다 모이고 보니 오후 1시가 넘어 있었다. 사실 나는 오늘 할 일이 산더미 같은데. 너무 바쁘면 오히려 엉뚱한 짓을 하고 싶어진다. 산더미 같은 일에 눌리지 않으려고 딴전을 부리는 것이다.

박 시인은 전철 입구를 나오면서 햇대추 한 봉지를 샀다고 하면서 불룩한 손가방을 가볍게 두드렸다.

전에 여러 번 갔던 식당으로 갔는데 주인아주머니는 생선구이 정식을 시키려는 우리에게 자꾸만 콩나물국밥을 권했다.

"육수가 아주 맛있게 우려져서 시원해요."

콩나물국밥은 8천 원이고 생선구이 정식은 일만 오천 원인데 저 아주머니는 왜 자꾸 싼 음식을 권하나, 이상했지만, 묻지 않았다. 우리가 너무 늦은 시간에 가서 물 좋은 생선이 없나? 나는 속으로 짐작만 하였다. 아주머니가 권하는 대로 콩나물국밥을 먹고—아닌 게 아니라 맛이 있었다.— 우리가 자주 가던 포이동의 '커피 볶는 집'으로 갔는데 앉을 자리가 없을 만큼 사람들이 북적거렸다. 우리는 할 수 없이 맨 입구에 겨우 자리를 잡고 앉아 있어도 이상하게 만족스러웠다.

그리고 아까 박 시인이 매봉역 앞에서 산, 햇대추와 곁들여 케냐 커피를 마시면서 웃음이 나왔다. 8천 원짜리 콩나물국밥에 5천 5백원짜리 커피, 그리고 햇대추. 대추가 무슨 커피 안주도 아닌데… 우리는 나오는 대로 참지 않고 재미있게 웃었다. 대추는 알이 굵고 싱싱하고 달았다.

그동안 살아온 이런저런 얘기를 하다가 오후 4시가 가까워서 헤어졌다. 그들은 다시 용인으로 덕소로 먼 길을 갈 것이다. 고마운 사람들. 앞으로도 케냐 커피를 마시려면 햇대추가 생각나고 그들이 생각날 것이다.

오랜만에 친구를 만났을 때

　오래 만나지 못한 친구를 뜻하지 않은 자리에서 마주쳤을 때, 우리는 반가우면서도 당황스럽다. 그의 소식이 늘 궁금했고 그리웠었다. 우리는 어쩌다가 소식이 끊겼을까? 우리는 단짝동무의 한 사람. 십수 년 소식을 몰랐다가 이렇게 엉뚱한 자리에서 만나다니. 어쩌지? 급한 약속 때문에 서둘러야 하는데 어떻게 해야 하나 궁리하기에 바빴다. 친구도 시계를 자꾸 들여다보았다.

　이게 얼마 만이냐고, 궁금했다고, 옛날 그 집에 그대로 사느냐고, 세월이 흘렀어도 옛날 모습 그대로라고, 애들은 많이 컸을 것이라고. 진심이 아닌 호들갑처럼 들렸을지도 모른다. 싱거운 말이고 가벼운 말이었다. 이런 때 적당한 말은 무엇일까, 서로의 얼굴을 바라보며 잡은 손을 놓지 못했다. 그러나 바뀐 전화번호를 서로 받아적고 헤어졌다.

소식을 모르고 지내는 동안 우리 사이에는 서먹서먹함이 이물질처럼 끼어들었을 것이다. 그래도 그렇지, 무엇에 얽매어서 연락을 못 했을까? 이 단순하고 쉬운 질문 앞에서도 잠시 말이 막혀 더듬거린다. 살다 보면 미련하고 어이없게도 중요한 일을 희생시키면서 중요하지 않은 일에 얽매일 때가 많다. 얼마 동안 소식을 전하지 않다 보면, 처음에는 미안하고 조금 더 지나면 어색하고 그것도 지나면 멋쩍고 염치가 없어서 점점 더 멀어지고 어려워진다. 그러다가 나중에는 '뭐, 내 잘못인가? 내가 연락을 못 하면 저라도 해야지.' 하는 요상한 마음이 들기도 한다.

아파트 위아래층에 살면서 날마다 쓰레기 수거장에서 마주치는 사이에서는 날마다 만나므로 할 말이 많다. 같이 느끼고 같이 흥분하게 하는 사소한 일들.

"글쎄 생각 좀 해봐요, 그 자식이 갑자기 끼어들었을 때 내가 얼마나 당황했겠어. 순발력을 발휘하여 브레이크를 밟았으니 큰 사고를 면했지...그런데도 자기가 더 큰소리를 치더라고. 나도 막 악을 쓰며 대들었어."

"잘했어요. 일단 큰소리부터 질러야 무시하지 않아."

엊저녁 접촉 사고가 났던 일부터 남편과 싸웠던 얘기, 애들 공부 못해서 속끓이는 얘기, 시시콜콜하고 구질구질한 일들이 우정을 더 끈끈하게 묶는가 보다.

오랜만에 우연히 부딪혔던 옛날 친구를 오늘 멋진 카페에서 만나기로 했다. 애인을 만나러 가는 것처럼 설렌다. 마치 선을 뵈러 가는 것처럼 옷을 갖추어 입고, 처음 말을 배우는 사람처럼 입속으로 할 말을 더듬거린다.

눈을 흘겼다 찢어져라

"아침 출근 시간 젊은 남자에게 눈이 찢어져라 흘겼다. 그가 느닷없이 나타나서 내가 기다리는 택시를 가로챘기 때문이다."

어떤 수필에서 읽었을까, 이 구절이 가끔 입속에서 맴돈다.

어릴 적 나는 우리 반 남자애들에게 눈을 잘 흘겨서, "광어 눈깔"이라는 별명으로 불렸었다. 저희끼리 "광어 눈깔"이라고 하다가 그것으로는 모자랐던지 선생님께 일러바쳤다. 나는 뭐라고 변명할 수도 없었다. 남자애와 눈이 마주쳤다 하면 반드시 눈을 흘겼으니까. 그들은 영문도 모르고 멍하니 당하기만 했지만, 나는 그들이 불쾌하리란 것에는 관심도 없었다.

'오다가다 눈이 맞아 혼인했다지?',

'그러다가 눈이 맞기 십상이어요.'

남녀가 정을 통하는 일을 어른들은 으레 '눈이 맞았다'고 했다. 시선이 맞는다는 것은 곧 마음이 맞는 것, 그것은 탈선이었다. 남자애들과 어쩌다가 시선이 마주쳤을 때 그들이 내 눈길을 잘못 읽을까 봐 나는 서둘러 무효로 돌리려고 했다. 아주 명료하고 확실하게 하려고 눈을 흘겨도 찢어지게 흘겼다. 그렇게 함으로써 아까 잠깐 시선이 마주친 것은 우연이었다고, 결코 네가 좋아서 그런 것은 아니었다고, 진하게 금을 긋고 싶었다.

눈을 보통으로 흘기면 오히려 일이 커진다. 때로는 눈 흘김이 애교의 표정이 되기도 쉬우니까. 애교건 미움이건 눈을 흘겨 마음을 전달한다는 것은 얼마나 단순한 표현인가? 설령 눈을 살짝 흘겨서 마음에 들지 않거나 못마땅하다는 것을 전달했다 해도 그것은 차후에 얼마든지 다시 만회할 수도 있고, 없던 것으로 회복시킬 수도 있다.

그러나 찢어지게 흘긴다면 그야말로 칼로 가르고 가른 자리에 소금을 뿌리는 것처럼 만회도 회복도 불가능하게 된다. 찢어지게 흘기는 "광어 눈깔"에는 아니라고 소리치는 내 다급한 고함소리와 결단이 들어 있었을 것이다.

요새 아이들은 겨우 눈이나 흘겨서 마음을 전달하지 않을 것이다. 그것 말고도 매섭고 다부진 말들이 얼마든지 있으니까. 그보다 직접적이고 강력한 뜻을 자유자재로 표현할 수 있으니까. 겨우 눈이나 흘기는 것은 소극적이고 답답한 멍텅구리나 하는 짓이다. 말도 못 하고 손짓도 못 하고 눈이나 흘기다니.

지금 누구에겐가 살짝 눈이라도 흘길 일이 있었으면 좋겠다. 아니면 내게 눈을 흘기는 사람이라도 있었으면 좋겠다.

「티」와 「끼」

‘티를 낸다’는 것은 자기 신분, 타고난 성격이나 버릇을 감추지 못하고 드러낸다는 말이다. 티에는 ‘선생티를 낸다’, ‘돈푼이나 있는 티를 낸다’고 할 때처럼 내려고 해서 나는 티도 있지만, ‘궁티가 난다’, ‘상티가 난다’처럼 저절로 나는 티도 있다. 의도적으로 드러내어 자랑하는 것처럼 보일 때는 “꼭 티를 내야겠어? 그렇게까지 하지 않아도 알 사람은 다 알고 있거든.” 면박을 주어 상대의 경박함을 주저앉히기도 하고, “너무 티를 내는 것은 아닐까?” 자기가 먼저 돌아보기도 한다.

'티'와 비슷한 말로 '끼'라는 것이 있다. 끼는 태생부터 타고난 기질을 이르는 것으로, '기운氣運'이라고 할 때의 기氣가 경음화로 '끼'가 되었을 것이다. 바람기, 화냥기, 냉기와 같이 속으로 잠재되었던 것이 겉으로 발산되면 '끼'라고 한다. 들떠 있는 끼는 규제를 일탈한 일종의 방종을 의미하기도 한다.

그런데 요즘 '끼'라는 말의 위상이 높아지는 듯하더니, 멋이 있다는 뜻으로 쓰이기도 하고 세련되었다는 말로도 쓰인다. 쉽게 분위기에 흔들리지 않으면 끼가 없는 사람으로 단정한다. 시인이 매사에 삼가고 신중하면 "그렇게 끼가 없이 무슨 시를 쓰겠어요?" 한심하다는 듯이 바라보기도 하고 끼가 없다는 판정을 받은 당사자도 언짢아한다. 세상이 변하면서 말도 변하고 말을 받아들이는 사람의 감정도 변했나 보다.

동료와 함께 옷가게에 갔는데 그는 이 옷 저 옷 골라서 입어보라고 권하는 주인에게,

"선생티가 나는 옷은 딱 질색이라니까요."라며 신경질을 섞어서 말했다. 그는 평소에도 교육자답지 않은 언행으로 종종 말썽을 일으키곤 했는데, 그날도 옆구리가 많이 터져서 정강이까지 드러나는 분홍원피스를 사고 말았다. 선생이

선생티가 나지 않는 그런 옷을 걸치고 무슨 짓을 하고 싶으냐는 말이 목구멍까지 나오는 것을 겨우 참았다. 아무리 열 번 접고 생각해도 '티를 낸다'는 말이나 '끼를 부린다'는 말은 경박하고 위태롭기 짝이 없다. 결코 품격을 갖춘 말이 아니며, 더구나 우아한 말과는 거리가 멀다.

지금도 그렇지만 옛날부터 고결한 사람들은 자기 생각이나 재량을 아무 데서나 함부로 노출하지 않았다. 흥을 발산하더라도 때와 장소를 구분하고 절제하였다. 그렇지 않으면 경박하다고 생각했으며 그 절제의 힘은 인격과 결부되어 있었다. 표현의 자유를 주장하면서 그것을 무조건 솔직함이나 투명함으로 평가하는 것은 억지이며 오판이다.

뒷북이라도 치자

사랑한다는 말을 못 하겠다. 애들을 키우면서도 그 말을 전혀 하지 않았던 것 같다. 부모가 자식을 사랑하는 것은 당연한 일인데 그 말을 새삼스럽게 입으로 내세울 필요가 없다고 생각했던 것 같다. 옛날에도 하지 않던 말을 왜 요즘 새삼 하겠는가. 오히려 그 뒤에 이어질 이상한 무엇을 포장하려고 연막작전을 치는 것처럼 보일 수도 있어서. 그래 저래 나는 그 말을 못 하고 살았다.

친구의 남편이 갑자기 "나 당신 사랑해"라고 하기에, 친구가 깜짝 놀라서, "당신 갑자기 왜 그래? 미쳤어?"라고 했다는 말을 듣고 우리들은 공감하면서 웃었다. 친구는 남편의 얼굴이 벌개져서 어쩔 줄 모르는 걸 보면 무슨 일을 저질렀는지도 모르겠다고 아무래도 수상하다고 했다.

나만이 아니라 내 친구들까지도 이렇게 '사랑한다'는 말에 익숙하지 않다. 서양사람들이 아침에도 '아이러브유', 저녁에도 '아이러브유' 하는 것은 그만큼 감정의 변화가 심하기 때문일 것이다. 우리나라 사람들은 "사랑한다"는 말에 큰 무게를 둔다. 한 번 그 말을 했다 하면 그에 상당하는 책임을 져야 할 것처럼 여기고, 그것은 만고불변의 선언으로, 등기를 내듯이 혈서를 쓰듯이 한 번 내뱉으면 천하가 다 인정하는 공언으로 여기는 것일까.

그러나 인심은 조석변이라서 사랑한다고 고백한 후에 얼마 되지 않아 등을 돌리기도 하고, 평생을 사랑하겠노라고 맹세한 후에도 얼마 후 법정에 서는 걸 보면 서양이나 우리나 크게 다를 것이 없어졌다.

요즘 내 생각이 많이 바뀌고 있다. "고기는 씹어야 맛이고 말은 해야 맛"임을 알아가고 있다는 말이다. 가끔 내 학생들이 "선생님, 사랑해요." 하면 나는 반사적으로 움찔한다. 물론 그 말이 고맙고 놀랍고 감격스럽기는 하지만 그 소중한 '사랑'을 내가 어떤 자세로 받아야 할 것인가? 아무렇지 않게 편안한 마음으로 받아도 되는가? 그 진한 말에 어떻게 응해야 마땅할 것인가 허둥대기도 한다. "나도"라고 하면 바보처럼 들릴 것 같고, "나도 너를 사랑해."라고 하면 뒷북을 치는 것 같아서 내 마음에 차지 않는다. 딸이 가끔 "엄마 사랑해요."라고 카톡을 보내면 그를 따라 흉내를 내는 시늉을 하면서도 능동이 아닌 수동이 아닌가, 창조가 아닌 모방이 아닌가, 영 개운치가 않다. 그래도 뒷북이라도 치는 게 낫겠지?

봄날은 간다

"봄날은 간다"라는 제목의 시가 많다. 어떤 이가 세어보다가 말았다면서 "아마 백 편도 넘을 거예요" 하였다. 나까지도 그 제목으로 시를 썼으니 백 편도 넘는다는 말이 맞을 것이다. 그럭저럭 살아가는 나날 마음을 녹여 주던 봄날, 부질없는 희망이라도 잠시 품었던 봄날이었다. 추위나 더위의 걱정에서 놓여날 수 있었던 봄날, 바람에 묻어오는 소식도 들리고 스산한 바람결에 무엇인가 가능성을 가져보기도 했던 봄날이 가고 있는 것이다.

"봄날이 간다"는 말은 "세월이 간다"는 말과 다르다. 계절은 때맞추어 왔다가 가지만 무슨 표나는 일도 없이 빈손을 흔들고 있을 때의 그 속절없음, 아무것도 할 수 없다는 무력감을 표현하기에 적절한 말이다. 봄날이 간다는 것은 무능하게 너를 놓쳐버렸다는 말, 내 작은 절정이 지나갔다는 말, 흘러가는 시간을 막을 수 없다는 말이다. 그리고 인생은 그렇게 어쩔 수 없는 일이 많다는 말이다. 내가 〈봄날은 간다〉라는 시에서 도대체 무엇이라 했는가 펼쳐보았다. 그러나 모르겠다. 몽롱하기만 하다.

"누가 그런 말을 했는지 몰라, 심심하여 부질없이 들이켰던 말, 인생은 한낮의 꿈보다 짧아, 불꽃처럼 살고 싶어 바장이다가, 누가 다시 흔들어 깨웠는지 몰라 강물은 바다에서 다시 만난다고, 실개천 흘러서 바다로 가다가 멈추어 망설이는 나의 미로여. 그대는 나를 아직 용서할 수 없는지, 꽃지는 봄 젖은 땅에 고개를 묻고 영원의 바다 같은 하늘을 질러 나 이제 길을 떠나 돌아올 수 있는가, 봄날은 간다. 탈 없이 간다."

나는 이것을 시라고 우기면서 〈봄날은 간다〉라는 제목까지 붙였다. 글의 맨 끝에 '봄날은 간다 탈 없이 지나간다'는 말이 있지만 봄날이 가는 것과 무슨 관계인가. 아마도 삶의 속절없음과 덧없음을 불러왔겠지 싶다. 가버린 시간은 모두 그리우니까. 다시 꿈에라도 만날까 무섭다고 하면서도 지나간 것, 다시 올 수 없는 것은 그리우니까.

지긋지긋하다면서도 그것이 돌아오지 않는 강처럼 흘러갔기 때문이다.

가는 봄을 바라보며 우리가 함께 느끼는 것은 안타까움과 아쉬움과 쓸쓸함이다. 이것은 무슨 일이 있을 때만 문득 일어나는 특별한 감정이 아니고 늘 우리의 심중에 상주하는 정서다.

봄날은 가고 있다. 붙잡고 싶어도 붙잡을 수가 없다. 붙잡을 수 있다 해도 정체 모를 상실감과 미흡감, 어쩔 수 없는 슬픔은 그대로 남아 있다. 그래도 붙잡는 시늉이라고 하고 싶다. 아, 봄날은 간다.

바
이
올
린

선
생
님

　

오늘 바이올린 선생님이 바늘귀 꿰는 기계를 사 왔다. 기
계라고 하니까 엄청나게 들리겠지만 아주 작고 단순한 것이
다. 공부가 끝난 후, 나와 방향이 같은 선생님도 함께 차를
타고 잠시 신호가 바뀌기를 기다리고 있었다. 바로 길가에
서 바늘귀 꿰는 걸 팔고 있는데, 파는 사람은 실 꿰기를 직접
실연하며 열심히 설명하고, 모여든 구경꾼들은 자세히 들여
다보았다. 나도 힐끗힐끗 내다보다가 혼잣말처럼 했다.

"나도 저것 하나 사야 하는데..."

뒷자리에 앉았던 바이올린 선생님이 내가 하는 말을 예사

로 듣지 않고 내리려고 했다.

"제가 지금 사 올까요?"

그러나 교통신호는 이내 바뀔 것이고 내 뒤로 죽 차가 늘어서 있어서 그럴 수는 없었다.

선생님은 일주일이나 그걸 기억했다가 오늘 사 온 것이다. 한 개도 아니고 다섯 개나 사 왔으니 5천 원을 썼다. 우선 내게는 두 개를 주고 '이것 필요한 사람 없어요?' 하니까 '저요, 저두요' 하면서 50대 초반의 처녀까지도 손을 번쩍 들었다. 요즘 눈이 자꾸 침침하다면서.

요즘은 바느질할 일이 많이 줄었지만, 무조건 수선하는 사람에게 맡길 수만은 없다. 그리고 어쩌다가 바느질을 하려면 바늘귀에 일일이 색을 맞춰 실을 꿰는 일이 귀찮은데 오늘 사 온 것은 구조가 과학적이면서 튼튼하게 생겼다. 누가 생각해 낸 것인지 아마 특허를 받고도 남을 것이다.

바이올린 선생님은 일도 바쁘고 더구나 남자인데, 내가 아무리 그 말을 했어도 그렇지, 예사로 들어넘길 수도 있는 걸 마음에 새겨두었다니. 고맙기도 하지만 그보다 더 미안하다. 딱 한 개만 사다가 나를 주었다면 비록 작은 것이라도 다른 회원들이 섭섭했을 것인데 그걸 미리 염려하고 다섯 개나 사서 나누어주다니. 5천 원이 5십만 원으로 보인다.

그는 원래 욕심이 없다. 바이올린 교습비도 조금씩만 받고, 생각하는 방향도 생활하는 모습도 음악가라기보다 선교사 같다.

어렸을 적에는 공부를 소홀히 하고 바이올린만 켜다가 집에서 쫓겨났었다는 말을 자주 한다. 하기야 요즘 빛을 보는 예능계의 여러 분야는 모두 쫓겨나기 딱 맞은 딴따라가 아니었겠는가. 우리는 새 곡을 배울 때마다, "선생님이 먼저 해보세요." 한다. 그는 순순히 그렇게 하여, 우리가 아무리 연습해도 낼 수 없는 신비한 소리를 낸다. 바이올린 선생님 때문에 질이 높은 음악감상을 자주 한다. 바이올린 배우기 잘했다.

저 꼭대기 까치 한 마리

어제도 그제도 왔었는데 오늘 또 왔다. 비슷한 시간 바로 그 미루나무의 똑같은 꼭대기이다. 흔들리는 가지 위에서 마치 줄타기를 하는 것처럼 까치가 공연한다. 이르지도 않고 늦지도 않은 아침 11시, 해는 적당히 높고 바람도 없다.

키가 큰 나뭇가지 끝에 까치가 혼자 앉아 있다. 유별나게 그의 모습이 단정하고 고적해 보이는 것은 꼭대기이기 때문일까. 턱시도에 나비넥타이가 잘 어울린다. 다른 새일는지도 모르지만 나는 어제의 그 새일 거라고 단정한다. 깃을 활짝 펼쳐 보이기도 하고 고개를 좌우로 돌려서 사방을 둘러

보기도 하고 살짝 몸을 움직여 돌아서기도 하는 몸짓은 누구랑 약속하고 기다리는 모습 같기도 하다.

대모산의 능선과 미루나무 나뭇가지의 선이 맞닿아서 마치 산 위에 앉아 있는 것처럼 보인다. 그는 그제도 어제도 나무꼭대기의 나긋나긋한 휘청거림, 가느다란 나뭇가지의 흔들림에 매료되어 있는지도 모르겠다.

새는 좀처럼 거기서 떠나려는 마음이 없는 것 같다. 홀로 있음의 여유를 마음껏 누리고 있나 보다. 홀로 있는 시간이 그를 얼마나 풍요롭게 하는지, 홀로 있음으로 그의 공간이 어떻게 광활해지는지 아나보다, 먹고 사는 일에서 초연해진 것처럼 보이는 새.

왜 다른 새들은 그를 찾아오지 않을까. 그들은 어디로 가서 저 새의 특별한 영달을 모르고 있을까. 혹시 저희끼리 해결할 남다른 중대사가 있는지도 모르지. 그리고 저 까치는 까치대로 다른 새들에게 알리고 싶지 않은 혼자만의 사유를 지키고 싶은지도 모르지.

혹시 다른 새들에게 아무리 일러주어도 거들떠보지도 않을까.

어쩌면 저 새는 따돌림을 당해서 홀로 나무꼭대기에 와 있는지도 모르겠다. 그러나 새는 내일도 모레도 올 것이다.

해가 정수리에 뜨겁게 내리비친다면 몰라도 아무도 모르는 은밀한 자유를 알고 있으므로 그는 그만의 공간을 누리려고 비밀번호를 눌러서 문을 열 것이다.

　아, 새가 내려온다, 급강하듯이 직진한다. 그도 목이 마른가? 나는 지금 꼭 한 잔의 커피가 마시고 싶다. 내 방에서 창밖의 미루나무 꼭대기까지는 거리가 있고, 내 발걸음 소리가 들릴 리 없는데도 나는 발부리로 조심조심 걸어서 주방 쪽으로 향한다.

2부

그
해
겨
울

벌써 오래전 이야기가 되었다.

대한민국에서 유력한 노벨문학상 후보자로 서정주 선생님이 여러 해 거론되곤 했었다. 서정주 선생님께서 병환으로 누워 계신다는 소식을 듣고 한번 뵈러 가야지, 뵈러 가야지 하고 있을 때, 마침 뉴욕에서 다니러 온 김송희 시인을 만나 함께 찾아갔었다.

쇠약할 대로 쇠약해진 선생님은 정신이 혼미한가 싶다가도 어느새 가다듬어 정확하고 예리한 판단으로 올바른 말씀을 하셔서 옆에 있는 사람들을 놀라게 하곤 하셨다.

"선생님, 이제는 선생님께서 노벨문학상을 타실 때가 되었어요. 빨리 쾌차하셔야 해요."

그 시간 그 장소에 어울리는 말인지 어떤지도 모르면서 나는 선생님을 조금이라도 위로하여, 힘을 드리고 싶은 마음으로 그렇게 말했다. 그랬더니 갑자기 선생님의 음성에 힘이 실리면서,

"응! 그렇지 않아도 아까 스웨덴에서 나를 만나러 사람이 왔었다."

마치 사실로 있었던 일인 것처럼 똑똑하게 말씀하셨다. 그리고 선생님은 고개를 들어 멀리 창밖을 바라보셨다.

나는 예상하지 않았던 선생님의 반응에 놀라면서도, 모든 수식과 장치를 제거한 그분의 마음, 순전한 열망을 엿본 것 같았다. 아무런 말도 없이 가만히 있을 수도 없었고 또 무엇인가 자꾸 죄송한 마음도 들어서, 나는 겨우,

"예~에, 그러셨군요."

만 반복하였다. 그러나 '응! 그렇지 않아도 아까 스웨덴에서 나를 만나러 사람이 왔었다.'는 그 말씀, 멀리 창밖으로 바라보시던 선생님의 아득하던 그 눈빛 때문에 나는 가슴한쪽이 조여드는 것처럼 아프고 슬펐다.

노벨문학상을 받으러 날아가야 할 서쪽 하늘 저 멀리서는

그해 겨울을 재촉하는 이른 추위가 몰려오고 있었고, 선생님의 건강은 자꾸 나빠지고 있었다. 그리고 그로부터 한 달후쯤 선생님이 별세하셨다는 소식을 라디오 아침 뉴스로 들었다.

연꽃 만나러 가는 바람 아니라, 연꽃 만나고 가는 바람 같이" 이렇게 읊으셨던 미당 서정주 시인이 어젯밤 숙환으로 별세하셨습니다.

수명이 길어져서 이제는 100세를 넘게 살 수 있다는데 선생님이 조금만 더 오래 건강하게 살아 계셨다면 점점 높아지는 국력과 더불어 노벨문학상을 받는 일도 가능했을 것인데, 생각할수록 안타깝고 섭섭하다.

천
만
다
행
입
니
다

　집에 도둑이 들어서 값이 나갈 만한 물건들은 모조리 훑
듯이 가져갔는데도 그 집 아저씨는 다행이라고 하였다. 물
건을 가져갔어도 사람은 헤치지 않았으니 얼마나 다행이냐
는 것이었다. 도둑이 휘두르는 몽둥이를 빼앗다가 아저씨의
다리뼈에 금이 갔다는 사실을 나중에야 알았다. 그런데 그
집 아저씨는,

　"허리가 아니라 다리뼈라서 그나마 다행입니다."라고 하
였다.

　다리뼈가 상한 것은 몇 주 동안 깁스하고 누워 있으면 괜

찮지만, 다른 데에 이상이 없으니 천만다행이라는 것이었다. 며칠 동안 지나고 보니 다리만 상한 것이 아니고 머리도 다쳤는지 자꾸 골이 아프다고 했다.

아마 긴장을 오래 했을 것이고 공포의 분위기에서 신경을 썼기 때문일 것이라고 우리가 위로하였다.

"정신은 괜찮으니 걱정할 것 없어요. 그나마 다행입니다." 그날도 그 집 아저씨는 "다행"이라는 말을 했다. 어디까지, 언제까지 다행이라고 할 것인가?

그날의 후유증으로 계속 누워 있어도 죽지 않았으니 다행이고, 그러다가 죽어도 함께 있던 다른 가족은 멀쩡하니 다행이라고 할 것인가? 다행이라고 말하는 그 아저씨의 타들어 가는 마음이 보이는 것 같다. "다행입니다. 다행입니다"를 반복하는 그 아저씨의 마음이 고맙고 애틋하다. 나도 무엇이라고 든 위로의 말씀을 드리고 싶다.

가까운 사람에 '울보'라는 별명을 가진 친구가 있다. 그는 입만 열면 "나는 이게 뭐야", "내가 왜 이렇게 살아야 해?"라고 불평한다. 그는 소위 그럴싸한 대학의 교수이고 누가 보아도 부러워할 만큼 번듯한 자리에 있다. 남편도 돈이 많고 반듯하여서 부러움을 받으며 산다. 시쳇말로 누가 보아도 앞서가는 사람이지만 그는 언제나 찡그리고 있어서, 그의 불평하는 듯한 말은 일종의 자랑이고 오만이 아닐까 의심하는 사람도 있다.

만일 도둑을 맞은 그 아저씨가 "큰일 났어요. 난 어떡하면 좋아요. 나 지금까지 헛살았어요." 했어도 달라지는 것은 아무것도 없을 것이다. 오히려 곁에 있는 사람이 짜증 나서 그 곁을 떠났을는지도 모른다. "그나마 다행입니다, 이만한 것이 다행입니다" 하는 그 아저씨의 말은 우리를 얼마나 안심하게 하는 말이며, 위로하는 말인가?

다행이라고 말하는 한 다행이다. 앞으로 행복을 불러올 것이다.

모범생일까 배신자일까

5월은 눈치를 보면서 왔다, 계절의 여왕답게 으스대면서 올 수는 없었을까. 아이리스, 장미가 다투어 향기를 내뿜는데도 계절의 여왕 5월은 여왕다운 품위를 잃고 망설이고 흔들린다. 5월이면 대학가마다 축제를 열고 여자대학에서는 메이퀸을 선발했었다. 신입생들은 바야흐로 미팅이 한창이고 미팅 끝에 애프터 신청을 받았느니 받지 못했느니 화제가 무르녹는다.

그러나 5월에는 학교마다 주제가 다른 시위들이 많아졌다. 국가 정책에 대한 불만도 있지만 학내 체제 개선을 부르짖는 시위도 적지 않았다. 그때 주장하던 슬로건들은 해결이 되었을까? 더러는 반영이 되었겠지만, 여전히 남아 있는 문제도 있을 것이다. 문제는 언제나 바뀌고 없어졌다가도 생긴다. 연일 시끄러운 난리판 속에서 교수들은 혹시 시위 중에 무슨 일이라도 일어날까 전전긍긍하며 둘러서 있다.

"수업해야 합니다. 무엇보다 수업이 우선입니다." 아무리 회유해도 듣지 않았다.

"나는 5월이 없었으면 좋겠어."라고 하는 교수도 있었다. 그러던 중 중간고사 기간이 되었는데 시험 준비가 시원찮은 학생들이 백지동맹을 하기로 했다고 했다. 내 과목 역시 백지동맹을 결의한 모양이었다. 감독을 하러 강의실에 들어가긴 하면서도 학생들이 없겠지 했다.

그런데 단 두 학생이 시험에 대비할 자세로 교실 맨 앞자리에 앉아 있었다. 남학생 한 사람, 여학생 한 사람. 그들은 소위 국문학과 과커플이었다. 오직 두 학생을 놓고 50분간 시험감독을 하면서 나는 마음이 착잡하였다. 저들은 성실하고 모범적인 학생일까? 저들은 이기적인 학생일까? 아니면 저들은 배신자일까?

뭐라고 적절하게 정의할 수는 없지만 나는 무슨 까닭인지 모르게 그들이 불편했다. 물론 응시하지 않은 학생들이 열

번 옳지 않다는 것을 안다. 그들은 명분도 없이 얼씨구나, 대중심리에 휩쓸린 학생이다. 공부하기 싫으니까 핑계 삼아 쉬는 것이다. 그런데 왜 응시한 두 사람까지 마음에 들지 않을까. 고분고분하고 착실하고 성적도 좋은 학생, 나는 그들을 나쁘다고 생각하지는 않는다. 그런데도 나는 그날 시험지를 채점도 하지 않고 무효로 처리했다.

그들 남학생과 여학생이 후에 결혼하였다는 말, 동기들이 모이는 자리에도 잘 나타나지 않는다는 말을 들었다. 5월, 그 아름다움과는 어울리지 않는 괴로운 추억들. 그 추억 중에는 온순하고 모범생이던 두 학생의 얼굴이 있다.

빛과 그림자

부슬부슬 비가 오는 아침 모네의 작품 전시회에 갔다. 전시장에서는 그림을 있는 그대로 전시하지 않고 컴퓨터로 조작하여 움직이게 하였다. 바람에 물결이 움직이고 나뭇잎이 흔들리면서 떨어지고 있었다. 입체적이고 생동감이 있어서 새로웠다. 그러나 순수한 미술 감상을 목적으로 하는 사람들에게 만족감을 줄 수 있을까 의심스러웠다.

관람객의 안목을 앞질러서 계획했다 하여 꼭 성공하는 것은 아니다. 우리가 고전을 감상하려는 것은 고전을 고전대로 보기 위함이다. 그것을 현대적인 방법으로 배치할 필요도 없고 움직이지 않는 것을 움직이는 것처럼 현대과학을 접목할 필요도 없다. 색채가 퇴색했으면 퇴색한 그대로 보여주는 것이 관람자의 눈과 함께 마음까지 만족시킬 수 있을 것이다.

모네는 죽음을 앞두고, "나는 다만 우주가 나에게 보여주는 것을 보고 그것을 붓으로 증명하고자 했을 뿐이다."라고 말했다고 한다. 우주가 보여주는 것을 증명했을 뿐이라는 말은, 하늘의 명령과 뜻을 알고 표현했다는 말로 들린다. 보여주는 대로 일러주는 대로 어찌 표현할 수 있겠느냐, 그의 능력의 탁월함을 대변하는 말이다.

모네는 연작을 많이 남겼다. 호수와 수련, 포플라, 성당 등의 연작인데, 수련만도 260번 넘게 그린 그는 "같은 광채 속에서 순간적인 사물의 겉모습이 각기 다른 효과로 표현됨을 연작으로 완성하려 노력했다"고 하였다. 그는 죽어서야 유명해진 화가가 아니다. 살아 있을 때 이미 작품 전시회에 성공을 거두어 영화를 누렸다. 모네는 집도 자기 마음에 맞게 계속 개조하고 정원을 꾸미고 확장했다고 하는데 특히 식도락가인 그는 식당을 어떻게 장식할 것인가에 관심을 기울였고, 식욕을 북돋는 노란 색을 주로 사용했다고 한다.

그는 작품에서 변화하는 빛을 효과적으로 표현하려고 노

력했다. 어려서부터 규율을 감옥이라 여겼던 모네의 자유 지향적 성격이 광명의 구사로 나타났을까. 햇살이 있으면 그늘이 있기 마련이다. 광선과 그림자, 이것만 제대로 표현해도 그림의 반절은 성공하지 않을까.

고흐처럼 가난하지 않고, 절박하지 않았다는 것이 그림에도 나타나 있다. 결핵으로 첫 부인과 사별하고 둘째 부인도 백혈병으로 죽었다는데 인생의 순조롭지 못한 조건들은 그의 예술에 어떤 그림자를 드리웠을까 생각하면서 비 오는 길을 오래 걸었다.

잊을 수 없는 말

"잊을 수 없는 일 한 가지씩 이야기하세요" 나는 좋은 기억을 되살려 보라는 뜻이었다. 그러나 주문받은 사람들은 내 의도와 일치하지 않았다. 하기야 잊히지 않는 일, 잊을 수 없는 말이 어찌 연연한 그리움과만 연관되겠는가.

잊을 수 없는 일 중에는 독약처럼 섬뜩하게 오관으로 스몄던 말, 칼날보다 아프게 가슴을 후볐던 기억도 있을 것이다. 나는 그걸 미리 생각하지 못했었다. 어설픈 말을 꺼냈다.

그날 민이는 말할 기회가 없어서 하지 못하다가 모처럼 기회를 만난 것처럼, 그러나 그 말을 아무 때나 예사롭게 할 수는 없다는 듯이 한동안 괴로운 얼굴로 말을 잇지 못했다.

"그 남자가 했던 말을 잊을 수 없어요." 그는 깊은숨을 내쉬며 입을 열었다.

사귀던 남자가 어느 날 민이에게 말하더란다. "우리는 둘 다 가난한 가정에서 태어났다. 서로 좋아하지만, 공연히 시간을 낭비하지 말고 헤어지는 것이 좋겠다. 헤어져서 각자 부유한 사람을 만나서 마음껏 날개 달고 발전하는 것이 현명한 방법일 것이다."

민이는 오래된 일인데도 그 말을 외우고 있는 듯이 또박또박 말했다. 민이의 말이 끝나자, 실내는 웅성거렸다. 발전? 성공? 웃기네. 하는 말들이 방안에 떠다니다가 여기저기서 폭발하였다. 민이는 곧장 그 남자와 헤어지긴 했지만 헤어진 후 지금까지 수십 년이 흘렀어도 용서할 수 없다고 했다.

젊은 날에 사업을 시작했다는 민이는 누가 보아도 성공한 사람이다. 그가 헤어진 남자의 충고대로 부유한 남자와 결혼한 것은 아니다. 절치부심한 그가 맨주먹으로 시작한 사업은 억울함과 분함과 독기가 떠밀었는지 손을 댔다 하면 성공하였고, 오히려 가난한 배우자를 만나 살림을 튼실하게 일으켜 세웠다. 누군가가 이렇게 물었다.

"그 남자가 좋은 약을 주었네요. 그런데 그 남자는 부잣집

딸과 결혼했나요?'"

"예, 돈이 많은 과부와 결혼은 했는데 몇 년 살다가 빈손으로 헤어졌다고 합니다."

"헤어진 것이 아니라 쫓겨난 것이네요.", "사필귀정입니다" 여기저기서 박수가 터져 나왔다. 그러나 민이는 "똑똑한 사람입니다. 가난에 한이 맺힌 거지요." 그 남자를 옹호하였다. 똑똑한 사람? 나도 한마디 쏘아주고 싶은 것을 참았다. 민이는 그 사람의 말을 잊지 못하는 게 아니라, 그 사람을 잊지 못하고 있었다.

이
거
미
제
야

오정희의 소설 〈중국인 거리〉에는 치옥이라는 어린 계집 아이가 나온다. 그 아이는 곧잘, "이거 미제야." 미국제 껌을 뽐내곤 했다. 치옥이네 언니가 미국 병사와 동거하기 때문에, 그리고 치옥이도 언니와 함께 살고 있기 때문에 치옥이네 집에는 미제가 많았다. 껌이나 초콜릿뿐인가. 언니가 낳은 치옥이의 조카도 미국 병사와의 혼혈아다.

가난하던 시절 '미제'라는 말에는 엄청난 힘이 있었다. 밀가루, 옥수숫가루, 우윳가루가 미제였고, 구호물자 시장에서 나프탈렌 냄새가 짙게 풍기던, 허리가 잘록하고 어깨에 주름이 많던 멋쟁이 옷들도 미제였다.

"이건 곧 죽어도 미제야, 물 건너서 온 것이라고." 으스대며 뽐내던 사람들이 차고 넘쳤다. 1980년대에도 우리 이웃집 진철이 엄마는 아이들에게 미제만 먹였다. 신촌시장 미제물건 가판대에서 아주 값이 비싼 고급 소시지며 치즈며 버터며 각종 통조림을 많이 사다가 쟁여두는 그녀는 늘 입에 붙인 듯이 말했다.

"아이들이 한창 성장할 때인데 먹이는 것만은 최고로 먹이고 싶어요." 그래서 그런 것 같았다. 그 집 아이들은 살이 투실투실 붙었고 체격도 우람했다. 모래내 시장에서 고등어, 꽁치, 시금치, 물미역 같은 것이나 팔이 빠지도록 사 나르면서, 나는 진철네 엄마의 늘어진 팔자가 부러웠다. 아무리 먹여도 살이 오르지 않는 우리 애들이 풍족하지 않은 살림살이를 대변하는 징표처럼 보였다. 비단 미국산 물건만이 아니었다.

"그 애 곧 결혼하는데 신랑감이 미국에 있대."라고 하면 무슨 일을 하는 사람이며 어떤 사람인지 묻지 않고도 최고의 신랑감이라고 믿었다. 아무나 미국에 갈 수 없었다. 많이 배운 사람, 더 배우고 싶은 사람, 의식이 깨어 있는 사람, 포부가 원대한 사람들이 미국으로 뽑혀가듯이 떠났다. 겨우 국어 선생밖에 되지 않는 우리는 떠나는 친구들을 부러운 눈으로 바라보았다. 미국은 '미국'이라는 나라 이름 하나만으로도 위력이 있어서 우리를 주눅 들게 하기에 충분했다.

세상은 급속하게 달라졌다. 지금은 너도나도 신토불이를 부르짖는다.

"이것 수입한 고추 아닌가요?"

"아뇨, 순수한 국내산입니다."

"그럴 리가 없어요. 국산이라면 이 돈으로는 어림도 없을 텐데요."

이런 말들이 전혀 이상하게 들리지 않는 세상이 되었다. 믿을 수 없을 만큼 빠른 속도로 달라졌다.

침묵은 금도 아니고 은도 아니다

침묵처럼 강렬한 거부는 없다. 침묵은 무관심의 표현이며 대상의 존재를 인정하지 않는다는 표시다. 그리하여 침묵은 상대방을 철저히 배제하고 고립시키는 몸짓이다. 특히 남성의 침묵은 인격과 유관한 것으로 치부했었다. 꾹 다문 입으로 확실하지 않은 일은 언급하지 않고 반드시 해야 할 자리에서 일갈하는 사람이 멋있어 보였다.

그러나 나는 "침묵은 금이요 웅변은 은이다."라는 말에 동조하지 않은 지 오래되었다.

침묵해서는 안 될 자리에서 침묵하는 사람도 있다. 얼마나 답답하고 속 터지는 일인지. 생각이 없을 때도 침묵하고 적절한 말을 몰라서 침묵하고 어떻게 표현해야 좋은지 모를 때도 침묵한다. 줄곧 입을 다물고 있는 사람 중에는 다수의 언중과 의견이 다른 사람도 있다.

어설프게 나는 생각이 다르다고 표명했다가 공연히 누군가를 섭섭하게 하거나 뒤가 시끄러워질까 봐, 침묵할 것이다. 정의를 위해서 침묵하는 것이 아니라 눈치껏 처신하는 것이다. 침묵하는 사람 중에는 상황이 지금 어떻게 돌아가는지 이해할 수 없거나 이견을 선명하게 발표할 언변도 능력도 없어서 침묵하기도 한다.

우리는 세상에서 일어나는 모든 일에 참견할 만큼 한가롭지도 않고 참견하여 자기 의사를 개진할 만큼 유식하지도 않다. 어떤 장소에서는 전혀 내용을 파악하지 못해서 말을 할 수 없을 때도 있다. 그런 때는 좌중이 모두 함께 웃어도 왜 웃는지 몰라서 두리번거리기도 한다.

모두 웃을 때 웃지 못하는 것처럼 아무도 웃지 않을 때 혼자 히죽거리는 것도 정상이 아니다. 혹은 상황이 어떻게 돌아가는지 빤히 알아도 입을 다물고 되어가는 꼴이나 보자고 그러는 사람도 있다. 이런 태도는 얼마나 이기적이며 무책임한 태도인가. 그것이 지나치면 사뭇 잔인해질 것이다.

더러는 보신책으로 은신하여 침묵을 지키기도 한다. 누가 마이크를 넘겨주면서 "한 말씀 하시지요" 할 때 손을 좌우로 흔들면서 거절하는 것은 숫기가 없어서 그럴 수도 있고 겸손해서 그럴 수도 있다. 그러나 그보다는 보란 듯이 내놓을 만한 자기 생각이 없기 때문이 아닐까.

부디 내가 침묵을 지키고 있어야 할 만한 처지를 만나지 않기 바란다. 그리고 내 친한 사람이 침묵해서는 안 될 자리에서 침묵으로 도피하는 모습을 내 눈으로 확인하지 않게 되기를 바란다.

젊은 한 때

"어린 것이 건방지게. 버르장머리 없이~~"

건방지다는 말과 버르장머리 없다는 말은 분리할 수 없는 말이다. 건방지면 버르장머리가 없고 버르장머리가 없으면 건방지니까. 젊음은 경험도 없이 혈기만 뜨겁고 의욕이 충천해서 무서운 줄 모르고 덤빈다. 건방지다는 것은 견해가 분명하다는 말이기도 하다. 젊을 때는 그게 얼마나 무모한 일이며 엄청난 일인가 생각지도 않고 무작정 뛰어들었다. 건방지다는 것은 젊음의 약점이지만 젊었을 때나 가능한 순수한 에너지이기도 하다.

젊었을 때는 '절대로'라는 말을 많이 했다. "그건 절대로 안 돼. 죽어도 그렇게는 싫어." 그렇게 말하고 나면 뒤끓던 속이 가라앉는 듯했다. 젊었을 때는 걸핏하면 '영원히'라고 맹세했다. 그때의 영원이란 포괄적이고 우주적인 것이 아니었다. 지상에 임시의 거처를 정한 영원이었다. 시간인 동시에 공간이며, 무한의 질량과 체적을 가진 '영원永遠'이 아니었다.

"목에 칼이 들어와도 안 돼요. 절대로!" 젊음은 직선의 명료함을 강조하였고. 에둘러 돌아가는 것은 비겁한 탈선이라 인정하고 싶지 않았다. 검으면 검고 희면 흰 것인데 어른들은 어중간한 자리에서 망설였다. 확실히 단언하지 않고, 흑이냐 백이냐 하나를 고르지 않았다.

"그 말도 일리가 있네. 좋은 생각이야." 미지근하게 응수하였다.

확실한 것은 있는가? 그리고 철저하다는 것은 과연 옳고 좋은 것인가? 근래에 와서야 차츰 그런 것들이 의심스러워진다. 철저한 사람이 되고 싶어서 애를 썼던 젊은 날에는 빈틈없고 예외 없이 공평한 것이 곧 완벽한 것이라고 생각했다. 설령 그렇게 처리했다 하더라도 그게 과연 잘한 일이었을까 섣부르고 덜떨어진 짓은 아니었을까. 사람 사는 세상은 빈틈도 있고 예외도 인정하면서 돌아가는 것이 아닐까, 그것이 결과적으로는 공평한 일이며 정의로운 길이 되지 않았을까. 나는 차츰 내가 쳐놓은 덫에 스스로 걸려서 넘어지기도 한다.

　'절대'라는 말은 고공에서 줄을 타는 것처럼 아슬아슬하다. 그것은 독선에 가까운 오만한 말이다. 그것이 얼마나 위험한 말인가를 진작 알았더라면 나는 훨씬 유연하고 훈훈하고 원만해졌을 텐데. 팔팔하던 젊은 한때, 콧대와 자존으로 질주하던 시절을 생각하면 가슴 한쪽이 서늘하다. 돌아다보면 부끄럽다.

벼랑을 만났을 때

가까운 친구가 문학상을 받는 자리에 하객으로 갔었다. 원로 문인들 몇이 축사를 했는데 그 중 매우 인상 깊은 말이 있었다. 오래되어 여기 그 말을 제대로 옮길 수 있을는지 몰라도 조심조심 다시 꺼내어 보고 싶다. 똑같지는 않아도 비슷하기야 하겠지.

우리가 벼랑을 만났을 때 대처하는 방법은 보통 두 가지 입니다. 그중 하나는 죽지를 펴 비상하는 일이고 또 하나는 추락하는 일입니다. 비상하는 일은 평범한 우리로서

감히 선택할 권한이 없으니 사실상 불가능합니다. 그렇
다고 추락하는 일이 쉬운가 하면 그 또한 쉽지 않습니다.
해야 할 일이 있어서 태어났는데 마음대로 추락을 선택
해서는 안 되지요. 출생 그 자체가 축복이 아니겠습니까?
나는 여기 또 하나의 방법이 있다고 생각합니다. 그냥 그
자리에서 최선으로 견디는 일입니다. 견디다 보면 점점
마음이 안정되고 주변에도 익숙해질 것입니다. 그리고
손을 뻗어 서로 위로할 수도 있을 것입니다.

문학상 시상식에서 왜 이렇게 심각한 말이 나왔는지는 모
르겠다. 그렇지만 선배 문인의 음성에는 특별한 뉘앙스와
가락까지 얹혀 있어서 적지않이 감동적이었다. 내 기억 속
에 인화된 순서를 따라 적었으므로 원래 내용에서 삭제된
말도 있고 내 취향에 맞게 첨가된 말도 있을 것이다. 그분께
미안하다.

벼랑은 우리 삶의 도처에 도사리고 있다. 아니 우리가 발
을 딛고 있는 곳 어디나 벼랑 아닌 곳이 없을 것이다. 산다는
것은 애초부터 벼랑에서 견디는 일이었다. 한 발만 삐끗하
면 천 길 아래로 떨어질 벼랑. 아래에는 맹수가 입을 벌리고
추락할 생명을 기다리고 있는 벼랑, 우리는 서로 손을 뻗어

사랑하고 위로하면서 기쁨을 나누며 슬픔을 달래고 있어야 한다. 그러나 견디지 못하고 스스로 추락하기도 한다. 혹은 함께 견디던 우리 중 하나가 곁에 있는 사람을 밀어내고 상처 내어 추락시키기도 한다.

시간은 시간대로 빠르게 지나간다. 다시 한 해가 시작되었지만, 현재라고 믿고 있는 순간순간이 전광석화처럼 과거로 묻히고 멀미할 틈도 없이 우리는 미래 속으로 실리어 간다. 벼랑의 깊이를 가늠할 겨를도 없고 달려온 길을 돌아다볼 수도 없이 다만 견디고 있다.

벼랑이 깊은 회한으로 남을 겨를도 없이 우리는 최선을 동원한다. 그래도 아름다운 추억이라 하고 싶은가? 우리는 다만 한 알의 씨알처럼 응축해 있다.

와
야
할
사
람

스무 명이 모이는 자리라고 하면 그중 한 서너 명쯤은 불참할 수도 있다. 그날 멀리 있거나 떠나있던 가족이 갑자기 찾아올 수도 있고 혹은 몸이 좋지 않거나 예상하지 않았던 일이 생길 수도 있다. 그러나 과반에 가까운 수가 참여하지 않았다면 분명 거기에는 중요한 이유가 있지 않을까. 그 모임이 재미없거나 시시하거나 보기 싫은 사람이 있어서 짜증이 난다거나.

아무런 이유가 없는데도 가기 싫다면 내게 이상이 있는 것은 아닌가? 점검해보아야 한다. 매사에 의욕이 떨어지고 있는 것은 아닌가, 아무도 만나고 싶지 않다면 왜 그런가, 남의 말을 듣는 것도, 말을 하는 것도 귀찮은가? 세상만사가 못마땅한가?

사람 만나기를 좋아하는 사람은 대부분 호인이다. 그 주변에는 언제나 신선하고 유쾌한 바람이 불어서 그가 사람을 좋아하는 그 이상으로 사람들이 그를 좋아한다. 그가 모임에서 별말 없이 앉아 있다가만 돌아가도 좌중의 다른 사람들은 그가 마치 유익하고 즐거운 화재로 좌중을 이끌었던 것처럼 기억하고, 그가 없는 자리는 싱거운 자리라고 생각하는 것이다. 그는 이미 대인관계에서 원만한 사람이며 훈훈한 인간성을 지닌 사람일 것이다.

엊그제 격월로 만나는 그룹에 나갔는데 사람들이 몇 모이지 않았다. 시간에 늦지 않으려고 서둘러 갔더니 약속 시간에 맞추어 온 사람이 여덟 명 중 단 세 사람이고 30분쯤 지나서 한 사람이 더 왔다. 모여야 할 사람들이 나오지 않으면 참석한 사람들은 힘이 빠진다.

그날도 겉으로는 태연한 척했지만 가라앉은 분위기였다. 무거운 실내 공기를 헤집고 그중 한 사람이 명랑한 목소리로 말했다. "올 사람과 와야 할 사람, 보고 싶던 사람들은 다들 오셨습니다. 그러면 오늘 특별히 선택받은 사람들끼리 즐겁게 시작해 볼까요?" 개회사를 하는 듯한 그의 말에 모두 기분 좋게 웃었고 방안이 금방 후끈해졌다. 나도 올 사람이고 와야 할 사람이구나, 나를 보고 싶어 하는 사람들이 여기 있구나, 생각하며 둘러보았다.

아무도 적게 모였음을 섭섭하게 생각하지 않았다. 여덟 사람이 모두 모였을 때 하던 그대로 네 사람이 충분히 처리하고 저녁 먹고 회비 걷고 웃으면서 다시 8월에 만나기로 하고 헤어졌다. 꼭 올 사람과 와야 할 사람, 보고 싶은 사람으로 남으려면 참석해야 할 것이다.

당신은 모르실 거야

살아갈수록 전에는 보이지 않던 것들이 조금씩 보인다. 사람을 처음 만났을 때 그가 특별한 말을 하지 않았는데도, 그의 사람됨을 대강은 짐작할 수 있을 것 같다. 사람을 겉만 보고 어떻게 아느냐고 하는데 어차피 속은 알 수 없으니 속을 때도 물론 있다. 안다는 것은 늘 피상적인 것이다. 몇십 년 살다가도 성격이 맞지 않아 갈라서는 부부도 있고 첫눈에 반하여 평생을 한결같이 살기도 한다.

어떤 기업체에서는 신입 사원을 채용할 때, 면접시험장에 관상 전문가를 초빙하여 앉혀놓고 판가름하도록 맡긴다는 말도 들었다. 두뇌는 명석하고 서류는 그럴듯하게 갖추었으나, 구중궁궐 같은 열 길 사람의 속을 알 수 없다는 것이다. 채용할 때와는 전혀 다른 얼굴을 하고 어마어마한 배신을 저지르고 등을 돌리는 일이 의외로 자주 일어난단다. 배신할 관상인가, 하늘이 무너져도 올곧은 사람인가, 소같이 열심히 일을 잘할 사람인가, 그 곁에 재물이 붙어 다닐 상인가, 재수가 없어서 손해만 당한 상인가를 본다는 것이다.

오래 만난다고 사람을 알 수 있는 것은 아니다. 날마다 만나는 학생 중에도 선생 앞에서와 저희끼리 만났을 때와 전혀 다른 행동을 보이는 경우가 적지 않은 것 같다. 정말로 선생을 따르고 존경하는 학생은 감히 겉으로 드러내지 못하고 멀리서만 바라본다. 그런데 찰싹 달라붙어서 호의를 보이고 듣는 내가 민망할 만큼 간지러운 말을 스스럼없이 고백하는 학생도 있다. 그들은 대부분 졸업과 더불어 선생과 관계를 끊는다. 이제는 선생이 필요하지 않은 것이다.

며칠 전 교정을 나오다가 윤수화와 마주쳤다. 윤수화는 그해 봄에 졸업한 학생인데 학교에 볼 일이 있어서 왔다고 했다. 수화가 갑자기 눈물을 글썽이면서 내게 한 걸음 다가오더니, 조그마한 목소리로,

"교수님, 제가 얼마나 교수님을 좋아했는지 모르시지

요?"

　겨우 그렇게 말하면서 고개를 떨어뜨리고 발부리를 내려다보았다. 그는 언제나 창가에 혼자서 생각에 잠겨 있었다. 국어국문학과 학생 윤수화! 너와 4년 동안 주고받은 말이 모두 몇 마디나 될까? 나는 겉으로 활발하게 표현하는 학생들에게 둘러싸여서 수화, 너를 미처 발견하지 못했었어. 미안하다. 너는 오늘도 그 말을 하기까지 얼마나 망설였니? 나는 두 팔을 벌려서 그를 껴안았다. 저리고 뻐근한 내 가슴 저 안창에서부터 눈물이 흘러내렸다. 다시 옛날로 돌아갈 수 있다면 밝은 눈으로 진실을 외면하는 일은 없을 것 같았다.

하객 여러분
죄송합니다

그 결혼식에 하객으로 참석했던 친구가 전하는 말이니 거짓말이 아닐 것이다. 결혼식이 거의 끝날 무렵 신랑 신부가 양가 부모님께 인사를 하는 의례가 있다. 주례가 신부에게 시댁 부모님께 인사를 하라고 하는데도 신부는 못 들은 듯이 그냥 빳빳하게 서 있더라고 했다.

"신부는 시부모님께 인사를 하세요. 그동안 신랑을 잘 길러주시고 가르쳐 주셔서 감사합니다. 저를 며느리로 받아주셔서 감사합니다. 좋은 며느리가 되겠습니다라는 의미를 담아서 공손히 인사를 하세요."

세 번, 네 번 주례가 알아듣게 말해도 끝끝내 인사를 하지 않자, 신랑의 아버지가 주례에게 양해를 구하고 단상으로 올라가 마이크를 잡더니 흥분을 가라앉히려고 애쓰면서 말했다.

"하객 여러분! 죄송합니다. 이 결혼은 없었던 것으로 하겠습니다. 지금까지 진행된 모든 것을 무효로 하겠습니다. 바쁘신 일정에도 이렇게 왕림해 주시고 축하해 주셔서 감사합니다. 참으로 죄송합니다. 오늘 받은 축의금은 그대로 돌려드리겠습니다. 죄송합니다."

이 말을 처음 들었을 때는 신랑 신부가 그 자리에서 헤어져서 남남이 되었을 것으로 생각했다. 그런데 날이 갈수록 결혼식이 정말 무효로 되었을까? 당사자들이 한사코 헤어지지 않겠다고 하면 부모가 억지로 떼어놓을 수는 없지 않을까? 도대체 신부는 왜 그랬을까? 시부모가 너무 심하게 반대했나? 그래도 그렇지. 이제는 결혼식을 하게 된 자리에서 그럴 것까지야 있는가? 신부가 보통이 아니구나. 어렵겠다. 산다 해도 오래 살지는 못하겠다. 그런 생각들..

오늘은 조카애의 결혼식이 있었다. 애 엄마(시뉘)는 그 아들 하나만 낳아서 전력투구했다. 아들을 키우다가 영재교육의 전선에 나서더니 국내에서 알아주는 영재교육 명인이 되었다. 극성 엄마들은 그가 아들에게 무엇을 먹이나, 어떻게 토막시간을 활용하도록 가르치나 주시하고, 그가 하는 대로 모방하기도 했다. 조카는 원하던 대로 사법 고시에 패스하였는데, 시뉘는 아들이 전부터 사귀던 여자애를 마음에 들지 않아 했다.

그러나 오늘 결혼식에 가서 시뉘의 얼굴을 보니 다 비워 낸 사람의 아량과 평화가 있었다. "아들이 좋아하니까 제 눈에도 며느리가 예뻐 보여요. 잘 살기만 하면 고맙죠." 역시 지혜로운 어머니구나. 영재교육의 명인이라는 말을 들을 만하구나 생각했다.

봄날 아침

오늘은 넓은 길을 피해서 좁은 길로 갔다. 좁은 길이라고는 하지만 아주 골목길은 아니다. 사람이 통행할 수 있는 길까지 포함하면 3차선이라 해야 할까. 처음 가는 길인데 길가에는 주유소도 있고 조용한 음식점도 있고 꽤 높은 빌딩도 우뚝우뚝 서 있었다. 넓지 않은 길가에는 가로수가 무성해서 더 한적하고 아늑했다. 그 길로 접어들자 속도의 경쟁에서 벗어나기라도 한 것처럼 마음이 편안했다.

잠깐 신호가 바뀌기를 기다리고 있을 때 언뜻 눈에 들어오는 글자, 『봄날 아침』. 그 글자는 중후한 주춧돌 기둥에 크게 먹글씨로 조각되어 있었다. 바로 그 빌딩의 이름인 것 같았다. 빌딩 이름이 "봄날 아침"이라니, 봄날 아침이라는 글자를 소리 내어 읽었다. 순간, 가슴이 꽉 차오르는 것 같기도 하고 무엇인가가 탁 가로막는 것 같기도 하였다. 그 신선함이 놀랍고 발랄함이 반가웠다. 그런데 너무 감동적이어서 나는 마치 내 것을 억울하게 빼앗긴 것 같은 아쉬움 같은 것을 느꼈다.

흔히 건물에는 동화빌딩, 한일빌딩, 삼일빌딩 같은 이름을 붙이는 게 상식이다. 아니 요즘에는 외국어를 과감하게 투입하여 국제적인 대열에 서 있음을 과시하기도 한다. 건물의 이름에 '봄날 아침'이라는 말을 붙이려면 상당한 용기가 필요할 것이다. 저것은 단연 놀라운 모험이며 파격임이 분명하다는 생각이 들었다.

그는 시인일까? 혹 시인이 아닐지라도 생활 속의 진짜 시인일 것이다. 일상생활에서 사소한 일마다 시를 실행하는 시인. 시를 이식하여 삶을 가꾸는 시인. 그는 신선한 사고력을 가진 사람이며 창조적인 사람일 것이다. 나는 문득 그 건물 앞에서 내리고 싶은 충동을 느꼈다. 내려서 건물의 주인을 만나고 싶었다, 그러나 안녕하세요? 처음 뵙겠습니다. '봄날 아침'이라는 이름에 취해서 뵙고 싶었습니다. 이렇게 말하면 그는 무엇이라 대답할까? 나는 결국 용기를 누르고 그 곁을 지나왔다.

지금은 봄날이고 이 시간은 아침이 아닌가. 차 안에는 마침 '하리스 알렉소우'인가 하는 가수가 부르는 '기차는 여덟 시에 떠나네'가 이 봄날 아침에 유달리 끈끈하게 내 마음을 흔든다.

봄날 아침이란 어느 특정한 시간이 아니다. 희망이 있는 곳에 봄날이 있고 출발이 있는 곳에 아침이 있다. 엄동설한도 봄날이 될 수 있고 칠흑의 밤중도 아침이 될 수 있다.

봄날 아침에 『봄날 아침』을 지나면서 나는 따뜻해지고 여유로워지고 그리고 행복하였다.

끝난 연애는 아름답다

양산을 전철 안에 두고 나만 내렸다. 되돌아갈까 여러 번 망설이면서 마음이 쓰라렸다. 내가 목적으로 했던 정거장도 아닌데 전철역에서 갑자기 모두 내려서 다시 바꿔 타야 한다는 방송을 하였고, 할 수 없이 내려서 불편한 마음으로 다음 차를 기다리는 중이었다. 기다리면서 다른 사람들 손에 들린 양산을 보고서야 생각났다.

요즘은 양산 우산을 겸하는 것이어서 양산이라고 해도 되고 우산이라고 해도 맞지만, 오늘은 갑자기 양산임을 강조하고 싶다. 잃어버렸기 때문에 그럴 것이다.

겉은 연한 베이지색이지만 안쪽은 그보다 더 연한 우유 색깔인 양산, 살이 여섯 개인데 무게는 생각보다 훨씬 묵직한 양산.

잘 알고 지내는 C 여사가 그것을 내게 줄 때 나는 여러 번 사양했었다. C 여사는 고객들에게 주는 사은품이라고 하였다.

"나 우산 많은데요. 다른 사람에게나 주시지…."

"물론 많으시겠죠. 그래도 이건 모두 좋다고 하시던데요. 써보세요."

그는 그냥 내밀었고, 나는 그리 반가워하지도 고마워하지도 않고 받았다. 그런데 펼쳐보니 다른 우산과 달랐다. 특히 가장자리에 붙은 하얀 레이스가 우산이 아니고 양산이라고 강조하고 있는 것 같았다.

지금 C 여사에게 내 절절한 심정을 설명하면 단골 관리 차원에서 다시 줄는지도 모른다. 그러나 그럴 수는 없다. 특히 내가 그걸 받을 때 무례에 가까웠던 반응이 다시 떠오를 것이다. 얼마 전까지도 나는 그 양산이 너무 무겁다고 생각했고, 베이지색이 조금 더 짙어서 오렌지빛을 띠었으면 좋겠다는 마음도 들었다. 그런데 이상하다. 잃어버린 지금은 꼭 그런 베이지색, 꼭 그만큼 무거운 양산이 아니면 안 된다는 생각이 든다.

끝나버린 연애는 아름답다. 놓쳐버린 열차는 아름답다. 나는 속으로 중얼거렸다. 사랑의 상처는 다시 사랑으로 치유해야 한다면서 서둘러 사랑을 시작하는 사람들도 보았다. 나는 그러고 싶지도 않다. 그 아픔을 오래 간직하기로 하였다. 그보다 더 예쁜 양산이 세상에는 얼마든지 있다 하더라도, 지금 당장 내 마음에 그보다 더 좋은 양산은 세상에 없을 것이라는 마음을 그대로 간직하기로 하였다.

"그런 사람은 없을 겁니다. 그렇게 훌륭한 사람은 없어요."

고전적

유행가

밖이 아직 훤한 걸 보면 날이 많이 길어졌다. 지금은 저녁 일곱 시 5분 전. 아까부터 비가 내리고 있다. 아침에 예보했 던 일기예보가 정확히 맞는다. 빗줄기가 저물어가는 시간에 따라서 점점 굵어지고 있다. 창밖을 바라보는 내 마음이 어 떻다고 해야 할까, 갑자기 유행가를 한 곡조 멋지게 부르고 싶다. 무슨 노래를 부를까, 조용필이며 패티킴이며 정훈희 며 정태춘이며 조영남까지, 이름난 가수들의 얼굴이 떠오르 기는 해도 딱 무슨 노래가 하고 싶은지 모르겠다. 제목이 생 각난다 해도 가사를 몰라서 부르기 어려울 것이다.

"유행가"—한때 유행하다가 모르는 사이에 시들어지는 노래.

아무리 이름이 유행가라고는 해도, 인기가 하늘을 찌를 듯이 솟아올랐다가 시나브로 새 노래에 밀려서 뒤처지고 그러다가 잊히는 노래. 유행이란 참으로 속절없고 냉정하다. 언젠가 조용필이 다소 섭섭한 어조로 TV에 나와 했던 말이 가끔 떠오른다. "한 나라의 가수가 어렵게 발돋움하여 국제적으로 알려지게 되면 국가에서도 뒷받침해서 더 발전할 수 있도록 도와줘야 한다고 생각합니다."라고 했던가.

물론 이와 똑같이 말하지는 않았지만, 의미와 의도는 같았다. 그는 해외 공연을 많이 다녔고, 특히 일본에서는 주부들로 구성된 열렬한 팬들이 조용필의 이름을 연호하던 시절이 있었다. 저 여자들은 무엇 때문에 저렇게 법석을 떨며 몰려다니는가 이해할 수 없었지만, 조용필의 노래는 참으로 열정적이었다. 지금도 여전히 그렇다. 마치 그 노래 한 곡을 마친 후에 세상과 이별할 것처럼, 그것이 생애 최후의 노래라도 되는 것처럼 영혼을 쏟아서 부른다. 요즘 젊은 가수들의 노래를 듣고 있으면 그 차이가 더 명료해진다. 요즘 가수들은 입술로 나불거리듯이 알아듣지도 못하게 부르면서 의상과 몸짓들이 요란하다.

노래를 듣고 있는지 춤을 구경하고 있는지 모르겠다. 그 것도 유행이어서 이 시대가 지나면 다시 다른 패턴이 나올 것이다. 오래된 것이 고전이 아니라, 유행을 초월하여 오래오래 불린다면 불릴 만한 가치가 있는 고전이다. 여성문학인회 망년회에서 수필가 이계향 선배가 3절까지 불렀던 "아, 으악새 슬피 우니 가을인가요"는 고전이다. 홍윤숙 선생님이 울적한 목소리로 불렀던 "운다고 옛사랑이 오리오마는 눈물로 불러보는 구슬픈 이 밤"도 고전이다. 고전적 유행가를 한 곡조 불러야겠는데 무엇인가 모르게 마땅치가 않다.

아
기
가

타
고

있
어

요

　차의 뒤창에 "아기가 타고 있어요"라고 써 붙인 승용차
를 가끔 만난다. 자기 아기가 타고 있으니 다른 운전자들이
조심해 달라는 말이라면, 무엇을 조심하란 말인가? 경적을
울리지 말라는 말인가, 아이가 타고 있어 천천히 운행하니
지나가는 차들도 속도를 내지 말라는 말인가, 조심해서 운
전하여 잠이 든 우리 아기를 깨우지 말라는 말인가.

　"아기가 타고 있어요"라는 표어는 뒤창에 붙일 것이 아
니라, 자기 차의 운전석에서 가장 잘 보이는 앞쪽에 붙여서
운전자 스스로가 다짐해야 하지 않을까? "그렇지, 이 차에

는 내 귀한 아기가 타고 있지" 명심하여 운전하려고 마음을 스스로 가다듬고, 타인에게도 방해가 되지 않도록 조심해야 하지 않을까. 자동차의 뒤창에 "아기가 타고 있어요"라는 말이 붙어 있으면 의문이 생긴다. 그리고 기분이 별로 좋지 않다. 마치 다른 운전자에게 경고하여 미리 책임을 지우고 나무랄 준비를 하는 사람을 보는 것처럼.

특히 유아원 승합차는 아이들이 타고 내릴 때 잘 보호하지 못하여 사고가 나기 쉽다. 어린아이가 차에서 내려 길을 건널 때, 키가 작아서 운전자의 눈에 보이지 않아서, 운전자는 모르고 가속 페달을 밟을 수가 있다. 또 아직 완전히 내리지도 않았는데 출발하다가 크게 다치는 일도 있다. 아기가 자기 아기 하나에 그치든, 유아원이나 유치원 차처럼 여러 아이들이 타는 차든 운전자는 매우 마음이 쓰일 것이다.

"아기가 타고 있어요." 아기가 있는 곳에서는 누구나 언제나 조심해야 해요. 아기가 있는 차 안에서는 말을 함부로 하지도 말아야 해요. 행동도 함부로 해서는 안 돼요. 어려서 아무것도 모르는 줄 아십니까? 그렇지 않아요. 아이는 소상하게 분위기를 알고, 아이의 뇌리에 스며서 그의 가치관을 형성하는 데에 한몫 한답니다. "차 안에 아기가 타고 있어요.", "집 안에 아기가 있어요.", "이 동네에 아기들이 자라고 있어요." 성인들은 수시로 마음을 가지런히 해야 한다. 우리는 아이가 타고 있는 차의 곁을 지나는 것처럼 걸어야 하고 행동해야 하고 운전해야 한다.

그런데 "아기가 타고 있어요"라는 말은, 초보운전자가 타고 있다는 말이라고도 한다. 아기나 다름없는 초보운전자를 믿지 말고 조심해서 운전하라는 말이라니 참 애교 있는 경고판이다.

피
같
은
돈

일금 만원의 가치가 누구의 것이나 똑같지는 않다. "그 사람에게는 피 같은 돈이다."라고 탄복할 수도 있는 만원.

나는 그때 남자 중학교로 발령이 난 것이 싫었다. 사립학교에서는 여자고등학교 교사였는데 서울시 공립학교로 전근하면서 남자 중학교로 발령이 났다. 그러나 한두 학기 지나면서 남학생들이 여학생들보다 훨씬 단순하고 순진하고 귀엽다는 것을 알았다. 하루 한 날도 유리창이 깨지지 않고 넘어가는 날 없을 만큼 시끄럽긴 해도, 남학생들은 돌아서면 금세 풀어져 마음에 옹이가 남지 않았다.

나는 숙제를 많이 내는 편이었다. 노트 두 페이지에 빼곡히 한자를 써오도록 하고 일일이 검사를 하였다. 희근이는 맨 앞에 앉았는데 그는 언제나 누런 코를 훌쩍거렸다. 손등은 트고 튼 자리에 피딱지가 엉겨 있기도 하였다. 그래도 선생의 말을 잘 듣고 어긋나는 행동을 한 번도 하지 않았다.

"참 열심히 했다.", "아주 잘 했어." 빨간 글씨로 몇 자씩 써주면 매우 좋아하였다. 그는 어느 날, "선생님, 저는 선생님에게서 처음으로 칭찬을 들어봤어요." 했다. 나는 그 말을 아무렇지도 않게 하는 희근이가 귀엽고도 가엾었다. 희근이네는 구파발 너머에서 살지만, 엄마가 사람들 왕래가 빈번한 학교 아래 영천시장에 터를 잡고 생선 장사를 했다.

그가 주번을 하던 어느 주말 오후 교무실에 책상에 널브러진 수학 영어 과학 등, 참고서 몇 권을 챙겨 주면서 "희근이는 착실한 학생이니까 앞으로 얼마든지 공부를 잘 할 수 있을 거야." 용기를 주었다. 그 후 얼마나 지났을까, 희근이 엄마가 교무실 밖에서 나를 찾았다. 희근이를 사랑해 주어 고맙다면서 앞자락에 차고 있는 전대에서 요즘으로 치면 만 원짜리 두 장을 꺼내 내게 주었다. 경황이 없어서 점심 대접도 못 하니 혼자서라도 사 잡수라면서.

순간 기가 콱 막혀서 몇 번 사양하다가 어쩌지 못하고 돈을 받았다. 받지 않으면 그가 오해할 수도 있을 것 같았다. 희근이 어머니가 준 만 원짜리 두 장, 이백만 원보다 더 많고 큰돈.

언젠가 구파발에서 점심을 먹을 일이 있었다. 곁에 있는 사람들의 대화 속에 희근이라는 말이 나왔다. 나는 초면의 그 남자들에게 "혹시 ○○중학교 졸업생 강희근을 아세요?" 물었더니 모른다고 하였다. 희근이는 어떻게 살고 있을까? 잘 되었을 거야, 성실하고 착하니까 사랑을 받을 거야. 혼자서 묻고 혼자서 대답한다.

하지 못한 말

바람이 쾌적합니다. 날씨는 덥지도 않고 춥지도 않습니다. 아침에 쓰레기를 버리러 나갔더니 쓰레기 수거함 위에까지 나뭇잎이 무더기로 떨어져 있었습니다. 나뭇잎은 일년 내내 떨어졌을 겁니다. 병들고 벌레 먹으면 견딜 수 없어서 떨어지고, 그러다가 바람이 세차면 떨어지고, 열매를 탐하는 사람들이 막대기로 후려치면 우수수 떨어졌을 것입니다. 더구나 요즘은 기온이 서늘해지니 더 많이 떨어지겠지요. 그러나 가을이라서 떨어졌다고만 생각할 수도 있습니다.

Y 시인이 세상을 떠났다는 말을 듣고 상가에 갔었습니다.

바쁜 상주에게는 묻기가 어려워서 고인의 조카인 젊은 시인에게 "어떻게 돌아가셨나요" 물었습니다. 이 '어떻게'라는 말이 좀 애매하기는 합니다. 마치 돌아가실 때의 형용을 묻는 말 같아서요. 그러나 어쩌다가 돌아가셨는지 사인이 무엇인지를 묻고 있다는 것은 대부분 알 것입니다. 젊은 조카 시인은 매우 멍한 표정을 하고 있더니 "그야 늙었으니까 돌아가셨지요."라고 대답하였습니다.

그 자리에서 그 말을 여러 사람이 함께 들었고 들은 사람들이 서로 놀라서 바라보았습니다.

"저 사람은 몇 살이야?" 그중에 한 사람이 물었습니다. "정년 퇴임을 했으니까 65세는 넘었겠네." 그중의 다른 사람이 대답했습니다. 나는 원래도 젊은 그 시인과 교분이 도타운 편은 아니지만, 그 뒤로는 다가가서 말을 붙이고 싶지 않습니다. "그야 늙었으니까 돌아가셨지요"라는 식의 대답이 나올까 봐 두려워서 그럽니다.

사람들도 봄가을 가리지 않고 하늘이 부르면 거역하지 못하고 떠납니다. 올해에도 가까운 사람들이 많이 떠났습니다. 떠나보내기에는 너무 이른 나이에 떠나는 사람, 보내기 아까운 사람도 많습니다. 어제 만난 후배가 말했습니다. "선생님, 더 변하지 마시고 항상 지금처럼만 계세요."

나는 가슴이 뭉클해서 말이 나오지 않았습니다.

"S도 지금처럼 건강하고 예쁘게 있어야 해." 그렇게 말하고 싶었을 텐데 그 말을 못 했습니다. 하지 못한 말들이 참 많습니다. 진국은 모두 못한 말 가운데 있을 것입니다. 토해 낸 말은 쓸데없는 말들이었습니다. 하지 않아도 알 수 있는 말, 소용없는 말, 군더더기요 거추장스러운 잔소리에 지나지 않는 말, 그런 말들은 막히지도 않고 잘 나옵니다.

여름이 간다

비가 소리도 없이 와서 오전 내내 오는 줄도 몰랐다. 수해 뒤끝의 이 을씨년스러움. 지난 폭우의 흔적을 그대로 벌여 놓은 채 다시 흘러내리는 빗물을 바라보는 마음. 공연히 오늘 해야만 할 일이 있는 것처럼 마음이 들떠 있다. 내일은 8월의 끝날, 비가 그치면 9월 맞이 제대로 날 것이다.

이제는 아무도 지난여름 우리가 얼마나 지긋지긋한 더위에 시달렸는지 말하지 않는다. 오히려 떠나는 여름의 뒷모습을 섭섭한 듯 바라다본다. 9월이라는 말은 8월이라는 말과 어감이 사뭇 다르다. 말하는 순간의 감정과 함께 말하는 순간의 기온도 다르다.

"그래도 여름이 살기 수월했지, 한뎃잠을 잘 수도 있고."
당신이 한뎃잠을 자야 할 처지가 아니라도 옛 어른들은 노숙하는 사람들을 걱정하였다. 정류장의 대합실이나 정자나무 평상에서 잠깐씩 시드는 잠이 아니라 거리를 떠돌다가 하루의 고단함을 의탁하는 한뎃잠이다.

어리던 나무를 장성하게 하고, 꽃이 진 자리마다 열매를 맺게 하고 그 열매에 단맛을 스며들게 하는 여름. 여름은 참으로 적극적이고 열정적이었으며 푸짐하고 흉허물이 없었다. 여름은 수더분하고 너그러웠다. 깍듯이 예의를 지키지 않아도 되는 사이, 다소 털털했지만 터놓고 지내는 이웃이어서 편했다.

그런 여름이 간다. 처서가 되면 모기도 입이 비뚤어진다고 하니 여름은 이미 힘을 쓰지 못한다는 말이겠지. 이렇게 더위와 역병과 장마로 엉거주춤 시달리는 사이에 가을은 언제 들어섰는지도 모르게 왔다가 갈 것이다. 가을은 다만 여름과 겨울 사이에 건널목처럼 잠깐이다.

오늘 밤에도 충청과 서울에 강우량이 많다는 소식이 반갑지 않다. 비 피해가 없느냐는 물음에 "예, 별로 없어요." 대답은 하면서도 무슨 잘못을 저지른 것처럼 미안하다. 가까운 후배가 밤새 주차장에 출렁거리는 물을 푸고 쓸려온 흙더미를 치우느라 한잠도 못 잤다는데, 얼마나 힘들고 속이 상했을까? 요즘은 기후든 경제적 한파든 지구상의 어느 한 곳의 문제로 끝나지 않는다. 한 가지 일은 서로 그물처럼 연결되어 서쪽 끝에서 아프면 동쪽 끝에서는 발이 저리고 남쪽에서 기침하면 북쪽 끝에서는 신경통이 도진다. "지구는 하나"라는 말은 어림짐작으로 하거나, 문장을 수식하는 멋도 아니다. 엄연한 현실이고 과학이다. 미국 달러가 올라도 걱정 내려도 걱정이다.

시처럼
맑은 피로

내게 고지혈증이 있다는 사실이 부끄럽다. 내 피에 기름기가 많다는 사실이 나를 주눅 들게 한다. 피가 흐리다니 무슨 말인가, 무엇을 게걸스레 먹었기에 피가 흐린가?

슈퍼마켓 시렁 위에는 "시처럼 맑은 우유"라는 광고문도 있다. 맑음의 정도를 비유할 때 '시처럼'이라고 하거늘, 시인의 몸에 고지혈증이라니, 그 흐린 피로 어찌 시를 쓸 수 있겠는가.

허기에 시달렸어도 그렇지, 먹어서는 안 될 무슨 잡스러운 것을 먹었는가. 목이 말라도 그렇지, 무슨 구정물을 들이

켰기에 피를 흐리게 하고 그 흐린 피로 오장육부를 부어오르게 했는가. 간과 쓸개, 위장과 창자들을 기름기로 길들이는 동안, 나는 진실과 온유, 겸허와 인내, 사랑과 용서 같은 높은 가치들을 우습게 보았는지도 모르겠다.

그런 것들을 깔보고, 허튼 체면과 실없는 허풍에 중독이 되어 있었는지도 모르겠다. 되디된 욕망이 피의 순행을 더디게 하는 동안 나는 서서히 망가졌는지도 모를 일이다. 의사는 "아침에 한 알씩 보약을 먹듯이 삼키십시오." 대수롭지 않은 듯 말했지만 나는 내 피가 흐리다는 열등감에서 벗어날 수가 없다.

여섯 달에 한 번씩 일 년에 두 번 의사를 만나곤 하는데 오늘이 바로 그날이다. 의사는 내가 얼마나 금욕했으며 단련했으며 탁한 것들을 멀리했는지 점검할 것이다. 그가 오늘 오후 1시 30분부터 나를 진료하므로 나는 아침부터 굶었다. 피가 맑아졌다는 말을 들으려고 나는 착한 학생처럼 번호표를 뽑은 후 기다리고, 번호표를 뽑은 후 피를 뽑았다.

혈관이 잘 나오지 않아서 여러 번 찔릴 각오를 하였는데 오늘은 단번에 성공했다. "내 혈관은 가늘고 잡히지 않는데 잘 찾았어요. 당신은 박사예요" 칭찬했더니 활짝 웃었다. 피를 뽑은 후에 병원 식당에서 아침 겸 점심을 먹었다. 주문한

돌솥밥이 먹고 싶지 않아 반이나 남겼다. 지루해서 병원 복도 이쪽 끝에서 저쪽 끝으로 왔다 갔다 했다.

환자들이 밀려서 예정 시간보다 한 시간이나 넘게 기다려서야 겨우 의사 앞에 마주 앉았다.

"아주 좋습니다. 혈액검사 결과도 좋고 심전도 결과도 좋습니다. 아주 만족스럽습니다." 진료실에 들고 나는 시간을 모두 합해도 3분이 채 걸리지 않았지만 긴 시간이 필요하지 않을 만큼 건강에 문제가 없다니 얼마나 고마운 일인가?

홍매화선

영혜 씨가 부채를 꺼내어 부치는 시늉을 몇 번 하더니,
'교수님, 이 부채 드릴까요?' 물었다.

"아아뇨, 그냥 영혜 씨가 사용하세요. 왜 날 주려고 하세
요. 나 부채 있어요."

나는 손을 저었다. 사실이 그랬다. 특히 중국이나 동남아
를 여행하고 돌아온 사람들이 각종 부채를 주어서 서랍에
쓰지 않는 것이 여러 개 있다. 향내 나는 나무에 정교하게 무
늬를 아로새긴 것도 있고 얇은 천으로 만든 부채, 동물 뼈를
조각하여 만든 부채도 있다.

그런데 영혜 씨는 마치 '이래도 갖지 않을 겁니까?' 하는 듯이 부채를 활짝 펴서 내 쪽으로 살랑살랑 부쳤다. 하얀 바탕에 붉은 매화꽃이 만발한 화려한 부채였다. 아마 가지고 나올 때부터 내게 주고 싶은 마음이 있었는지 모르겠다. 모르겠는 게 아니라, 분명히 그럴 것이다.

　나는 그의 마음을 잘 안다.

　'오늘 교수님 옷하고도 아주 잘 어울리잖아요.'

　그러나 영혜 씨의 이런 말에 내가 그렇다고, 정말 예쁘다고 느끼는 순간 내 눈빛에 욕심이 담겨 있지는 않았을까. 영혜 씨가 내게 다시 부채를 내밀었고, 나는 못이기는 척, 그러나 기다리고 있었다는 듯이 염치도 좋게, '정말 예쁘네. 주고 싶으면 줘요. 나 가질래요.' 참지 못하고 말해버렸다. 영혜 씨는 그럴 줄 알았다는 듯이 크게 웃었고 나도 따라 웃었다. 처음에 주고 싶다고 했을 때 아무 말 말고 고맙게 받을걸, 마치 품질 검사를 한 다음에야 받은 격이 되었다.

　요즘 열심히 그 부채를 핸드백에 넣고 다니면서 '이것 보라'는 듯이 사람들 앞에서 펼친다. 보는 사람들이 보통으로 보아 넘기고, 아무 말도 하지 않는데도 내가 자청하여 '매화선입니다. 홍매화선요.' 내가 붙인 이름까지 알려주면서 뽐낸다.

그러나 그렇게 하면서도 나는 가끔 영혜 씨한테서 그걸 강탈한 것처럼 떳떳하지 않다. '나 가질래요.'라는 말은 하지 말 걸 그랬나 보다. 아니다, 그 말을 한 것이 오히려 더 좋을 것이다. 가지고 싶어 하는 내 마음을 숨김없이 내보였으니 영혜 씨의 마음이 기쁘고 흡족했을 것이다. 억지도 떠넘기지 않고 가지고 싶어 하는 사람에게 주었다는 생각이 들 것이다. 그는 애초부터 나에게 주려고 가지고 나왔으니까.

열매 맺는 나무

영국에서 도일이가 왔다. 도일이는 내 제자이기도 하지만 남편의 제자이기도 하다. 나는 그가 중학생일 때 국어를 가르쳤고, 남편은 그가 고등학생일 때 가르쳤으니 그의 국어 실력은 완전히 우리 둘의 책임이다.

묘목도 40년이 지났으니 거목이 되었을 것이다. 까까머리 중학생이던 그가 50대 중반이 되어서 찾아온 것이다. 우리 동네 한국식당에서 만났는데 그는 시멘트 맨바닥에 조아리고 큰절을 하려고 했다. 도일이는 국어를 좋아하였는데 지금도 국어에 남다른 자신감을 가지고 있었다. 나는 그가 중학생일 때 잠시 가르쳤기 때문에 별다른 기억이 없지만 고등학교 때 대학 입학시험 준비를 시켰던 남편에 대해서는 특별한 기억을 하고 있었다.

"선생님은 한국 단편소설 전집을 의무적으로 읽게 하셨고, 매주 신문 사설을 두 편 이상 읽고 요약해 오라고 하셨어요."

"나중에 알아본 사실인데 대학 본고사에서 제 국어 점수가 90점이었다고 합니다."

사람을 기르는 일은 한 그루 나무를 기르는 것과 같다. 아무리 빨라도 20년은 기다려야 열매가 열린다. 함께 공부하던 동급생 중에는 자살한 친구도 있고, 전부터 뛰어났던 친구는 지금 의과대학 교수로 있는데 엊저녁에 만나서 술을 진탕 마셨다고 했다.

그는 IMF 때 영국으로 가서 지금까지 눌러산다는데, 머리카락이 우리보다 더 하얗게 세었기에 너무 놀라서 바라보았더니.

"선생님, 제가 버릇없이 머리가 이렇게 되어서 죄송합니다." 하였다.

도일이는 남매를 두었는데, 딸은 미국에서 국제변호사로 있고 아들은 경영학을 전공했는데 MBA 과정을 밟고 있다고 하였다. 40년이 지났는데 그때의 그 학생 그대로인 것 같았다. 성격도 말투도 미소도 어렸을 때와 다르지 않다. 그는 개구쟁이였는데 하는 짓이 귀여웠다. 지금도 한국 국적을 가지고 있으므로 다시 돌아올 수 있다면서,

"선생님, 제가 영국을 떠나기 전에 꼭 한 번 오십시오. 애들이 모두 집을 떠나 있어서 방이 비었어요. 제가 어떤 가이드보다도 꼼꼼하게 안내하겠습니다."

우리는 서로 전화번호와 메일 주소를 적고 헤어졌다.

세계여행. 가고 싶은 곳이 많은데 또 한 군데 더 늘었다. 40년 전이 엊그제 같다.

「I love you」라는 이유

　새벽에 카톡이 울리는 소리에 눈을 떴다. "오늘 점심 함께 먹고 영화도 한 편 보자. 내가 좋은 영화 선정해 놓았어, 영화관 바로 옆이 우리 집이니까 와인도 한 잔 마시면서 얘기 실컷 하자. 그럼 제법 좋은 망년회가 되지 않겠어?"

　같은 동네에 살다가 일산으로 이사한 정란이가 보낸 메시지였다. 옆집에 사는 수진 씨랑 같이 와도 좋다고 해서 같이 갔다.

　우리는 전철을 1시간 40분이나 타고 갔다. 그가 이끄는 대로 백화점 식당가에서 점심을 먹었다. 영화관은 바로 위층에 있었다. 제목은 "사랑의 모든 것"이라고 포스터에 나와 있는데 영화표에는 "The theory of Everything"이라고 적혀 있었다. 관객의 관심을 끌기 위해서 제목을 바꾸는 경우는 많으니까 그런가 보다 했다. 그런데 그것은 다름 아닌 물리학자 스티븐 호킹의 얘기를 영화화한 것이었다.

21세에 루게릭병이라는 진단이 내려지고 2년밖에는 살 수 없다는 선고를 받은 호킹. 그런 사실을 알면서도 제인이라는 여자친구는 그를 떠나지 않았다. 호킹이 단호하게 밀어냈지만 제인은 요지부동 변하지 않았다. 그들은 오로지 "I love you."라는 이유로 결혼하였다. 그렇지 'I love you'라는 이유가 보통 허술한 이유인가? 1942년생인 호킹 박사는 아내의 도움으로 죽을 고비를 여러 번 넘기면서 세계적인 학자로서 꿈을 이루고 존경받으며 아이도 셋이나 낳았다.

영국 여왕은 그를 초청하여 후작이라는 작위를 주었지만, 호킹은 그것도 사양했다. 그러나 그는 종교적인 문제 외에는 아무 마찰이 없던 사람, 생명의 은인이며 성공의 배후였던 본부인과 이혼하였다. "I love you."라는 이유가 깨진 것이다.

그리고 그를 전담하여 간호하던 여자에게로 떠난다. 영화에서는 생략되고 보여주지 않았지만 다른 책에서 읽었는데 그는 둘째 부인에게 학대당하고 매를 맞으면서 죽을뻔한 적도 있다고 한다. 그는 결국 둘째 부인과도 헤어진다.

생명은 사람의 힘으로 어찌할 수 없기도 하지만 생명은 또 사랑하는 사람의 힘으로 얼마든지 연장할 수 있는 것임을 보여주는 영화였다. 대부분의 전기적 영화는 사실에 중점을 두기 때문에 예술성이 없는데 오늘 본 영화는 그렇지 않다. 날은 빨리 어두워지고 갈 길은 멀고 망년회는 약식으로 하는 둥 마는 둥 서둘러 돌아왔다. 영화에서 받은 감동이 무너질까 봐 조심조심 가슴에 안고 왔다. 동행자가 바로 옆집에 살아서 밤길이어도 든든했다.

이것은 우연일까

　고속버스에서 만난 사람과 도란거리며 서울까지 왔다. 옆 사람과 얘기를 나누며 여행하기는 참 오랜만이었다. 그는 버스에 올라타면서 "함께 가게 되었네요." 활달하게 말을 건 넸다. 며느리가 만삭이라서 반찬을 만들어 간다고 하였다.

　"저희야 좋아하건 말건 내가 주고 싶으니까 해 가는 것이 지요." 하면서 멋쩍은 듯이 웃었다.

　"며느리를 두기에는 아직 젊어 보이십니다."

　"젊게 보아주셔서 고맙습니다. 육십이 넘었어요."

　그는 주로 자신의 입장에 대해서만 말하고 나에 대한 것은 전혀 묻지 않았으므로 나는 부담 없이 즐겁게 들었다. 오늘은 수요일. 버스 전용 차선이 없는 평일이다. 막히지 않고 잘 빠지는 편인데도 서울까지 네 시간 반이 걸렸다. 긴 시간을 그의 옆자리에 앉아 이야기를 나눈 덕에 나는 그에 대한 많은 것을 알게 되었다.

1남 1녀를 두었다는 것. 그의 남편은 평범한 회사원, 아들도 중소기업의 사원인데 며느리가 고생한다는 것, 딸은 중학교 교사로 이웃 학교 교사와 결혼하여 비둘기처럼 산다는 것, 독실한 크리스천이라는 것. 시어머니와 시할아버지를 모시고 살다가 모두 돌아가신 지 얼마 되지 않았다는 것.

나는 들으면서 군데군데, 자녀들을 잘 기르셨군요. 대단하세요. 감사한 일이지요. 어머니의 신념이 은연중 자녀에게 전달되지요. 라고 응수하였다. 꼭 해야 할 말이었다. 그는 검소하고 친절하고 신실해 보였다. 장성 터널을 지난 후 함께 눈을 감고 있던 시간 30분을 제외하고는 줄곧 얘기를 나눈 셈이다. 긴 시간인데도 길게 느껴지지 않았다. 그녀는 부풀리거나 자랑하지 않았다. 솔직하고 소박하고 너그러웠다. 그래서 대화가 막히거나 거슬리지 않았을 것이다. 인상도 부드럽고 고왔다.

더구나 그가 출석하는 교회의 S 목사님을 내가 존경하고 있어서 반가웠다. 헤어지면서, "감사합니다. S 목사님께 안부 말씀 전해 주세요. 이향아라고 하면 아실 거예요." 그가 나를 빤히 보았다. "그럼 H 대학교? 시인?" 나는 놀라서 버둥거렸다. "어떻게 절 아세요?", "아, 이럴 수가. 제 며느리가 이향아 교수님 말을 늘 해요. 며느리가 H 대학교 국문과 졸업한 윤미라입니다."

아, 이럴 수가 있는가? 내가 진작 나를 털어놓고 얘기했다면 미라 칭찬도 많이 할 수 있었을 텐데. 이것은 우연일까 나는 문득 이상한 마음이 들었다.

내 가슴은 몹시 뛰었습니다

시는 시인의 것이 아닙니다. 시를 읽고 즐길 줄 아는 독자의 것입니다. 시가 독자의 것이 못된 채 영원히 시인의 것으로 남기를 바라는 시인은 없을 것입니다. 오늘 저녁 우리가 여기서 시낭송회를 여는 것도 시를 독자에게 되돌려주려는 마음에서 시작된 것입니다.

시가 자꾸 어려워지면서 독자와의 거리가 멀어지고 있는 것은 슬픈 일입니다. 시만 어려워지는 게 아니라, 음악도 미술도 춤도, 모든 예술이 다 어려워지고 있는 것은 이 시대를 살아가는 우리의 의식이 자꾸 순수함을 잃어버렸기 때문이고 우리 영혼의 외로운 방황 때문인지 모르겠습니다. 그러나 순수를 잃어버리는 것은 예술의 진수를 잃어버리는 일입니다.

예로부터 시인은 가난하게 산다고 했습니다. 학창 시절 존경하는 교수님께서 소설 쓰기를 권유하신 적이 있습니다. "소설을 쓰면 원고료도 많고 시인보다 훨씬 돈을 많이 벌 수 있다"고 하셨습니다. 저는 그 말씀이 마음에 걸렸습니다. 나는 시를 쓰면서 돈을 벌겠다는 생각을 해본 적이 없었습니다. 이상한 일입니다. 선생님의 말씀은 구구절절 맞는 말씀인데도 나는 무슨 생각으로 고개를 흔들었는지 모르겠습니다.

나는 그때 내 인생의 노정에서 가장 가난하고 암담한 터널을 건너고 있었습니다. 그런데도 어찌할 작정으로 아무런 길도 제시하지 않는 시만을 망연히 바라보고 있었는지 모르겠습니다. 문학을 돈과 결부시키는 것은 시를 모독하는 일이라고 생각했습니다. 시는 지금도 돈이 되지 않지만, 그것이 얼마나 다행스러운 일인지 모릅니다. 만일 시를 써서 부자가 된다면 시는 이미 타락했을 겁니다.

문장론 첫 시간에 박목월 교수님께서, 말없이 돌아서서 칠판에 쓰셨습니다. "태초에 말씀이 계시니라." '태초' 그리고 '말씀', 내 가슴은 몹시 뛰었습니다. 교수님은 다시 태초에 계신 '말씀'이 곧 '하나님'이라고 하셨습니다. 시에 감동이 있고 힘이 있는 것은 태초의 말씀, 하나님과 함께 있고 하나님인 말씀으로 빚은 예술이기 때문이라는 생각이 들었습니다. 나는 태초의 말씀으로 시를 빚어내는 일이 얼마나 어렵고도 아름다운 일인가를 그날 알았습니다.

　내가 쓰는 시에 후각으로 알 수 없는 향기가 났으면 좋겠습니다. 금방 알지 못하고 지나간 후 오랜 다음 그것이 향기였구나 알게 하는 향기. 내가 쓰는 시에 그렇게 잔잔한 미풍 같은 게 있기를 바랍니다.

3부

사
람
이
니
까

나는 풍경화를 즐겨 그린다. 나무가 있고 물이 있고 노을이 고운 풍경화. 나는 풍경을 좋아하지만, 그보다 사람을 더 좋아한다. 아름다운 풍경을 홀로 바라볼 때면 함께 바라보지 못하는 가까운 사람들을 생각한다.

그러나 아무리 정겹던 사람이라도 언제나 한결같은 것은 아니다. 그가 따뜻하고 자상했던 그만큼, 속이 깊고 다정했던 그만큼 돌아선 그의 등은 유난히 거대하고 견고하다. 내 친구 중에는 속이 상할 때나 마음이 뒤숭숭할 때 무작정 차를 몰고 교외로 나가는 사람이 있다. 목적지도 정하지 않고 달리다 보면 마음이 차츰 가라앉고 그때까지 붙들려 있던 일들이 너무도 하찮고 시시한 것이었음을 깨닫게 된다고 했다. 그럴싸한 말이다.

그런데 나는 마음이 혼란할 때는 아무 데도 나가고 싶지 않다. 더 깊이 가라앉아 골방에 우렁이처럼 숨고 싶다. 무작정 달려가다 보면 숲이 그 융숭한 품으로 나를 위무하고, 바다가 시야를 열어줄 텐데, 바람이 새로운 눈을 뜨게 해줄 텐데 나는 용기가 부족한 것인가 겁이 많은 것인가.

언젠가 어느 단체의 입회원서 기록 사항에 취미가 무엇이냐고 묻는 칸이 있었다. '취미는 알아서 무엇 하려고 하지?' 마땅치 않아 망설이다가 '담화'라고 썼다. 그렇게 쓰면서 혹시 '어지간히 말이 많고 시끄러운 사람이겠구나' 생각할지도 모르겠다는 생각도 들었다. 입회한 후 몇 달이나 지난 다음 그 단체 사무처에서 일하는 선숙 씨가 내게 웃으며 다가오더니.

"취미가 '담화'라는 선생님의 말씀은 참 인상적이어요. 그렇게 쓴 사람은 처음 봤어요. 선생님은 사람을 무척 좋아하시나 봐요." 했다. 나는 그의 말이 고마웠으나 긍정도 부정도 하지 않았다. 나는 그 후로 선숙 씨와 가까워졌다.

사람을 좋아하는 만큼 사람 때문에 섭섭했던 적도 많다는 말은 아무에게도 하지 않는다. 갑자기 가까웠던 사람이 멀어졌을 때 나는 그 이유를 묻지 못한다. 무슨 오해가 있겠지, 며칠 후면 풀리겠지 생각하는 것이다. 그러나 오래 풀리지 않는 때도 있다. 그럴 때 스스로 위로받는 것은 "우리는 완전하지 않은 사람"이라는 말이다.

그가 내게 그랬던 것처럼 나도 남을 슬프게 하고 상처를 준 일이 있었을 것이다. 사람이니까, 사람이란 완전하지 않으니까, 나는 다만 어떤 여건에서도 내가 버리는 처지가 되지 않기를 바란다. 요즘은 사람을 새로 알고 가까워지는 일이 조심스럽다.

성공해 주어서 고마워

진이가 초대했다. 서울역에서 KTX를 타고 3시간. 멀리 남쪽 항구에 다녀왔다. 진이가 열일곱 살일 때 나는 그의 담임이며 국어 선생이었는데 우리의 첫인사는 좀 묘했다. 교과서를 지참하지 않은 그를 나무라면서 첫 대면이 시작된 셈이니까. 왜 책을 가져오지 않았느냐고 했더니 사지 않았다고 했다. 왜 늦도록 교과서를 사지 않으냐고 나무랐더니 돈이 없어서라고 했다. 그렇게 말하면서 진이는 나를 정면으로 응시했다. 강한 저항이었다. 그는 고등학교에 입학할 때까지 그러한 저항을 수없이 해온 것 같았다.

나는 그를 교무실로 불러서 그가 무엇을 잘못했는지 설명하였다. 돈이 없어서 교과서를 살 수 없는 경우는 얼마든지 있을 수 있다고. 그러나 그것이 잘한 일이거나 당당한 일은 아니라고. 세상에는 부끄럽긴 해도 당당한 일이 있고 부끄럽지 않은데도 당당할 수 없는 일이 있다고 했던가 어쨌던가. 진이는 내가 무슨 말을 하는지 잘 이해하였고, 나무라는 내 마음을 잘 파악하였다. 우리는 그 후로 가까워졌다.

고등학교 졸업 후 좋은 일자리에 취업하였고 자리를 잡더니 야간대학에 진학하였다. 대학에 가야 한다, 결혼을 해야 한다, 진이는 모든 일을 나와 의논하였다. 신랑감을 만나서 선을 뵈러 왔을 때, 신랑이 최고의 국립대학 졸업생인데도 나는 왜 진이만 못해 보였는지 모르겠다. 진이는 좋은 신랑감을 만나 결혼했고 잘 살았다. 대학을 졸업한 후에도 방송통신대학에 다시 진학하여 공부했다, 진이는 내가 권하거나 충고하는 일이라면 모두 그대로 했다.

그는 공부를 잘했다. 보통 잘하는 것이 아니라 일등이었다. 그가 얼마나 어려운 환경을 이겨냈는지 누구에게 말하고 싶지도 않다. 나는 진이가 견뎌온 일들을 알기 때문에 그의 초대에 기쁘게 응했다. 그래도 호텔비며, 차비며 돈을 지불할 때마다 '값이 얼마냐'를 자꾸 물었다. 우리는 호텔에서 늦도록 잠을 자지 않고 옛날얘기를 하면서 여러 번 목이 메어 울먹이었다.

　서울로 와서 집으로 오는 전철 안에서 문자메시지를 보냈다. "네 아까운 돈을 너무 많이 쓰게 했구나" 진이의 돈은 그의 눈물처럼, 살점처럼 생각되기도 했다. "선생님, 저 돈 많이 벌어요. 이제는 걱정하지 마세요. 선생님이 계셔서 행복해요." "진이야, 성공해 주어서 고맙다. 늘 감사한 마음으로, 큰 욕심 부리지 말고 살아라." 집에 도착할 때까지 문자메시지가 계속 오고 갔다.

속
으
로

피
멍
이 들
다

　중학교 때인가 학적부에 담임선생님이 나를 평가하는 난
에 "항상 명랑하며~~"라는 말이 적혀 있어서 별로 만족스
럽지 않았다. 만일 거기에 "센치멘탈하며"라고 적혔더라
면 나는 매우 좋아했을 것이다. 창가에 앉아 먼 하늘을 하염
없이 바라보며 쓸쓸한 표정을 짓거나 조금은 울적한 얼굴을
하고 있는 친구가 멋있어 보였다. 명랑하다는 말은 생각이
없다는 말처럼 들리기도 하고 경솔하고 까분다는 말로 들리
기도 했다.

　그런데 내가 선생이 되어서 제일 걱정되는 학생은 우울한

학생이었다. 우울한 표정이 멋있어 보이다니, 나는 우울한 학생들이 무슨 문제라도 일으킬까 봐 노심초사했다. 우울한 학생들은 금간 유리그릇처럼 함부로 대할 수가 없었다. 그는 마음에 완결된 그 우울로 내 진심을 막았다. 우울로 도포된 시선으로 세상을 거꾸로 보기도 하고 해석이 극단적으로 치닫기도 한다. 물론 명랑한 학생들이라고 무조건 밝은 것은 아니다. 명랑한 척 겉으로는 깔깔거리지만 속으로 피멍이 들어 있는 아이들도 가끔 있었다. 그늘을 감추려고 마음에도 없는 억지웃음을 바르지만 속으로 통곡하는 아이들.

내가 자진 퇴학하도록 종용한 학생 중에 매우 명랑해 보이는 학생이 있었다. 그때 나는 고등학교 1학년 담임이었다. 그 애는 봄 소풍 전교생 장기자랑 시간에 예정된 순서에도 없었는데 자진해서 나오더니 온몸을 흔들며 굉장한 춤을 추었다. 심사위원들도 놀라서 특별상을 새로 만들어서 그애에게 주었다. 평소에 건강하고 긍정적이었으며 씩씩한 아이였다.

나는 그 얼마 후에야 그 애에게 큰일이 있다는 걸 짐작하였다. 그가 소풍 장기자랑에 참여하지 않았다면 모를 뻔했는데 그게 계기가 되어 발견할 수 있었고, 아주 힘들게 고백을 받았다. 동내 불량배한테 못 당할 짓을 당했다고 했다.

"소풍 때에는 왜 그렇게 힘든 춤을 온몸으로 췄니?" 했더니 다른 학생들이 혹시 이상히 여길까 봐 의심받지 않으려고 그랬어요" 했다.

그의 어머니는 펄펄 뛰며 믿지 않았다. 아무도 모르게 조용히 수습하도록 하고 자퇴시켰는데 전학해 간 그 학교에서 학년말에 최우수장학생이 됐다는 연락을 받고서야 안심하였다. 과도하게 명랑한 아이도 의심스럽다. 얼마나 불안하면 자신을 속이고 거짓 웃음을 바르겠는가, 학적부에 "명랑하며~~"라고 적힌 것은 나쁜 말이 아니다. 지나간 다음에야 그렇다는 걸 알았다.

엄마 나 어떡해

요즘 들은 얘기인데 아마도 과장된 말이겠지 싶다. 군대에 간 지 얼마 되지 않은 일등병 아들이 집에 전화했다.

"엄마, 전쟁이 일어날는지도 모른대. 엄마, 전쟁이 나면 난 어떡해야 해? 무서워서 죽겠어."

그 말을 들은 엄마가 이렇게 말했다.

"그래? 걱정하지 말어. 엄마가 한 번 너희 부대에 찾아가서 대대장님도 만나보고 좀 알아봐야겠구나. 부탁할 것은 확실하게 부탁해 놓을 테니 너는 걱정하지 말고 기다리고 있거라."

웃기는 얘기인가 웃지도 못할 얘기인가 판단이 서지 않는다. 만능의 치맛바람을 일으킬 수 있다고 착각하는 일부 어머니와 그가 기른 성숙하지 못한 아들의 모습을 풍자한 개그의 각본일 것이다. 군대에 입대했으면 설령 실제로 전쟁이 일어났다고 할지라도,

"어머니 조금도 염려하지 마십시오. 우리 국군은 강합니다. 일선은 저희를 믿고 맡기세요. 어머니는 후방에서 건강하게만 계시기 바랍니다. 승리하고 휴가받아 뵙겠습니다."

적어도 이런 정도는 되어야 하지 않을까?

걸핏하면 앞에 나서서 참견하기를 좋아하는 학부모와 작은 일도 제힘으로는 해결하지 못하고 의탁하는 일부의 청소년들을 과장하여 표현한 말이라는 걸 알면서도 가볍게 생각되지 않고 마음에 여전히 씁쓸함이 남는다. 군대에 가지 않으려고 멀쩡한 청년들이 별의별 짓을 다 하는 걸 보면 정말로 힘이 빠진다. 대기업이 아니면 아예 취직을 하지 않으려고 대학 졸업 후에도 취업 삼수 사수를 예사로 넘기는 걸 보면 힘이 빠진다.

주린 창자를 움켜쥐고 가난이 무엇인가를 체험한 부모들이 자기가 겪었던 일을 자식에게 물려주지 않으려고 하는 것은 충분히 이해할 수 있다. 그러나 원한다고 무엇이나 들

어주는 것은 독약을 주는 것과 같다. 그것은 부모 스스로가 자기 능력을 과시하는 것에 불과하다.

30이 넘은 자식에게 늙도록 용돈을 주는 것은 잘못이다. 막노동판에서 주린 창자를 움켜쥐고도 내일 아침에 뜰 태양을 믿었던 부모들. 영영 없을지도 모르는 미래를 향해 지금도 계속 멈출 줄 모르는 부모들이 왜 자식에게는 어리석게 대하는가. 이들이 장차 무한경쟁의 대열에서 무한의 역할을 담당할 수 있어야 하는데 지금부터라도 방향을 재조정해야 하지 않겠는가.

당신의 고독을
읽는다

　시집을 펼친다. 제목부터가 가슴을 뭉클하게 하는 것도
있다. 건성으로 넘기지 않고 시인의 숨결에 다가가서 시인
의 잔치에 참여하는 마음으로 읽는다. 시인의 가슴에 일렁
이는 작은 물결에 나도 순하고 정하게 합류하고 싶다. 나는
지레 뜨거워지거나 다급해지지 않으려고 스스로 자제한다.
처음에는 눈으로 읽다가 나도 모르게 입으로 읽는다. 소리
를 내어 크게 읽는다. 읽다가 시집으로 얼굴을 덮는다.
　저기 보라색으로 겹친 산의 능선이 안개에 가려 희미하
다. 가까운 마을 어느 처마 아래서는 젖은 날개를 터는 어린

새가 있다. 몇 갈래로 나뉜 좁은 산길에서 나는 당신이 선택한 한 가닥의 길을 찾아, 갈림길에서 잠시 망설인다. 나는 시인의 리듬에 따라 은둔과 도주를 반복하다가 엉뚱한 세상을 넘보게 되는지도 모르겠다는 생각이 들기도 한다. 설령 그럴지라도 시를 읽는 지금을 후회하지 않을 것이다.

그러나 더러는 알 수 없는 벼랑을 만날 때도 있다. 그럴 때면 우선 나를 의심한다. 아마도 당신은 나의 과분한 동행자인지도 모른다는 생각으로. 시를 접하는 내 태도에 미숙함이 있을 수도 있고 내가 익힌 모국어에 한계가 있는지도 모른다는 생각으로.

그래도 나는 계속 시를 읽는다. 내가 감히 한 시인의 잠재된 사념, 은밀한 공간까지 점유할 수는 없지 않은가? 시인이 드리우는 어슴푸레한 고요와 그 고요 속에 아른대는 파문을 짐작하는 것만도 큰 의미가 되지 않겠는가. 나는 시인의 밀실 앞에서 입을 다물고 조용히 시간을 기다릴지언정 금을 긋고 돌아서지는 않은 것이다. 그러나 그렇다고 시인이여, 당신의 시선이 머물러 있는 높은 산마루턱까지 사뭇 쫓아가려고도 하지 않을 것이다. 내 주변으로 감도는 향기에 젖어 있노라면 여명처럼 깨칠 때가 오겠지. 나는 생각한다.

시를 읽는다. 시인의 고독을 읽는다. 그가 읊조리는 사랑

의 고백을 듣는다. 누가 이토록 아름다운 흐느낌으로 노래
하는가? 누가 내 가슴에 물안개를 일으키는가? 창밖의 나무
들은 아까보다 한결 숙성해 있고 하늘은 마냥 멀고도 깊다.
시인이여, 그대가 있어서 울적한 세상, 그대가 있어서 따뜻
한 세상, 그리고 그대가 있어서 가끔 몽롱해지기도 하는 세
상에, 지금 우리가 함께 살아있구나. 내가 아둔하여 당신의
눈물에 도달하지 못할지라도 그리하여 당신은 당신대로 따
로 두고 내가 엉뚱한 짐작으로 당신을 오히려 난처하게 할
지라도 시를 읽는다.

　당신의 눈빛을 읽는다. 청보석 같은 당신의 눈물을 읽는
다.

따
지
는
사
람

무슨 일이건 잘 따지는 사람이 있다.

그런 사람은 대수롭지 않은 물건 하나를 사면서도 늘 값이 적절하지 않다고 생각하는 것 같다. 그는 곧잘 '원가는 몇 푼 되지도 않을 거야.', '아마도 삼 분의 일쯤은 이윤으로 남기고 팔 걸.', '도매시장에 가면 이런 것이 산더미처럼 널려 있어. 살 필요 없어' 하면서 다른 사람들의 구매욕에 김을 빼기도 한다.

원가를 따지면 살 수가 없다. 이윤이 얼마인가 궁금하고 거기 덧붙여 주는 것이 억울하다면 아예 장사로 나서는 것이 편할 것이다. 도매시장에 산더미로 쌓였어도 그것은 시장의 물건일 뿐 내 것이 아니다. 그는 늘 맞는 말을 하는 것 같은데 듣기에는 별로 즐겁지 않다.

명절 때나 연휴에 당직에 걸리면 '왜 하필 나냐? 순서가 틀린 것은 아니냐?'면서 꼼꼼하고 쫀쫀하게 따져봐야 직성이 풀린다. 자기가 당직에 걸리지 않았으면 다른 사람의 것을 따져준다. 사람들은 그를 전사로 내보내듯 앞세워 놓고 뒷짐을 지고 구경하지만 대부분 어디에도 이상이 없다. 아무 데서도 잘못이 발견되지 않는데도 그는 매번 버릇처럼 따진다.

따지는 사람은 똑똑해 보인다. 그는 무엇인가 능력이 있고 머리가 좋은 것처럼 보인다. 정해주는 대로 말없이 따르는 사람보다 훨씬 높아 보인다. 그래서 어디서나 그를 함부로 대하지 않고 무서워한다.

"내가 한번 가서 따져봐야겠어."라는 말은 한번 가서 싸워볼 마음이 있다는 말이다. 성적표가 나온 다음 반드시 모범답안지와 자신의 시험지를 대조하면서 따지는 학생이 있다. 그런 학생은 교수가 정확하게 채점하면서도 가능하면 학생에게 유익하도록 마음을 써준 부분에 대해서는 모르는 척하고 아전인수식의 논조만 편다. 너무 따지려 드는 학생에게, "그럼 원칙대로 철저히 채점해 볼까?" 교수가 귀찮아서 정색을 하면 슬금슬금 꼬리를 내린다.

따지는 얼굴은 밝지 않다. 따지는 얼굴은 긴장해 있다. 그런 얼굴에는 여유가 없다. 그리고 불만에 차 있다.

예전에 어른들이 늘 하던 말. "좋은 게 좋은 거야. 그럭저럭 넘어가."라고 하던 말. 어렸을 적에는 그 말이 싫었다. 좋은 게 좋은 거라니? 그럭저럭 넘어가자는 말은 그냥 눈감아주자는 말인가? 속아도 그냥 모르는 척하자는 말인가? 그래도 이유를 알고 지나가야 할 것 아닌가? 생각했었다. 그런데 어찌된 일인가. 나는 요즘 "좋은 게 좋은 거야"라는 말을 자주 쓴다.

내
얼굴
그
리
기

〈문학의집·서울〉에서 자화상을 그려 내라고 하였다. 4호 정도의 화판을 등기로 보내면서, 먹물로 그릴 것. 화판을 세로로 사용할 것, 낙관은 둘 이상 찍지 말 것, 좌우명을 빈 공간에 적을 것 등, 주의 사항이 많다. 받은 다음 잠시 다른 일에 빠졌다가 어제 저녁에야 급히 펼쳐봤더니 아뿔사, 마감일까지 채 이틀도 남지 않았다. 첨부된 주의 사항을 처음부터 다시 찬찬히 읽는다.

'월요일까지 받을 수 있도록 보내되 손상이 되지 않게 등기우편으로 부치십시오.' 부랴부랴 밤늦게까지 내 얼굴을 그렸다. 제일 예쁘게 나왔다고 생각되는 사진을 앞에 놓고 연필로 초를 잡은 뒤 붓으로 교정하면서 덧칠했다. 그림은 자주 그리지만, 내 얼굴을 그리는 건 처음이다. 엊저녁에는 그런대로 괜찮다 싶었는데 오늘 아침 들여다보니 전혀 내 얼굴이 아니다.

우선 너무 젊고 너무 예쁘다. 곧이곧대로 주름살까지 다 그릴 수는 없지만, 그래도 최소한 어느 구석인가는 닮은 점이 있어야 하는데 별로 닮지 않았다. 나는 나를 그린 것이 아니라 내가 닮고 싶은 얼굴, 내가 이상으로 삼는 어떤 얼굴을 그렸나 보다.

얼굴이 달걀형이니 나와 다를 수밖에 없다. 내 얼굴은 동그란 것이 특징인데 그걸 몰랐단 말인가. 그림은 엉뚱하게도 미인형이다. 인중이 길어서 나와 다르다. 나는 인중이 짧은 편이라서 신경이 쓰인다. 인중이 짧으면 수명이 짧다고 하는데, 내가 마음을 쓰는 것은 수명의 길고 짧음이 아니다. 인중이 짧으면 입이 튀어나와 보일 수도 있어서 조심스럽다.

하관이 두툼해서 내가 아니다. 동양에서는 턱에 살이 붙어야 밥걱정이 없다고 하지만 턱 밑에 살이 있으면 둔해 뵌다. 눈도 더 크고 시원하게 그렸다. 나도 예전에는 눈이 커서 '왕방울'이라는 별명도 있고, 남학생들과 눈이 마주치면 마치 마주친 것을 취소하려는 듯 눈을 흘겨서 '광어 눈깔'이란 별명도 있었다. 갈수록 눈이 작아진다.

　사진과 닮은 것은 솟은 듯한 이마와 쌍꺼풀진 눈, 입고 있는 검은 블라우스와 스카프의 무늬밖에 없다. 화판을 다시 사야 할까, 궁리하다가, 자화상이란 있는 그대로가 아닌 내가 원하는 내 모습이야, 하는 변명도 슬그머니 하게 된다. 앞으로 두어 시간 더 고민할 작정이다. 내일 아침 우체국에 가서 속달로 부칠 때까지 고민은 계속될 것 같다.

미안하다, 미안하다

　월악산에 1박 2일 다녀왔다. 열두 번째 〈장애인 문학회 여름 캠프〉, 원래는 2박 3일인데 다음 날의 일정 때문에 나만 1박 2일로 아쉽게 먼저 돌아왔다. 강의는 120분, 바로 이어서 질의토론 시간이 있었다.

　뉴스에서 연일 비가 온다고 강조를 했기 때문에 참가자가 많이 줄었다고 하는데도 50명이 넘었다. 처음에는 준비한 강의안이 너무 많지 않을까 했는데 그것 또한 공연한 걱정이었다. 모두 소화하고도 남을 만큼 소통이 원활하여 만족스러운 강의였다. 질의토론 시간에는 엄청난 질문이 쏟아져

나왔지만, 반드시 있어야 할 질문이었다. 누가 다녀온 느낌이 어땠는지 묻는다면 한마디로 말하기가 벅찰 정도다. 나는 밤늦게 돌아와 짐을 부리면서, "아무 불평하지 말고 살아야 해요. 불평하면 벌 받을 겁니다." 긴 숨을 내쉬면서 말했다.

A양은 결혼을 한 달 앞둔 스물아홉 살에 교통사고로 1급 장애인이 되었다. 먹는 일도 배설하는 일도 남의 손을 빌어서 한다. 그래도 말을 할 수 있고, 눈으로 볼 수 있고, 감정이 살아 있어서 입에 붓을 물고 그림을 그린다. 많이 그린 날은 입속이 헐기도 한다. 그는 다섯 권의 저서를 가지고 있는, 세계 구족화가협회 정회원. 쓰지 못하는 팔다리에도 감각이 있어서 모기가 물거나 파리가 귀찮게 하면 괴롭다고 했다. 휠체어를 타고 돌아다니는 사람을 자기와 견준다면 그는 아무 장애도 없는 사람과 같다고 그녀는 말했다.

K씨는 두 다리가 불편하지만 날마다 수필을 써서 인터넷으로 매일 300여 명의 독자에게 전송한다. 초등학교 정규교육도 받지 않았는데, 그는 지금 대학원에 재학 중이며, 미국 유학도 했다. 까르르 까르르 명랑하게 웃고 매사에 적극적이다.

S양은 스물일곱 살인데 말을 자유롭게 할 수가 없다. 그녀

의 소원은 시인이다. 시인이라는 말이 왜 그렇게 슬프게 들리는가. 그는 시 세 편을 보여주었다. 지도받지 못했어도 시가 무엇인지 잘 알고 있었다.

휠체어를 타고 성지순례까지 다녀온 사람, 죽음을 앞둔 환자들에게 봉사하러 다니는 사람, 그들의 삶은 날마다 감사로 이어진다. 누가 감히 그들 앞에서 입을 벌려 무슨 말을 하겠는가. 나는 함부로 감정을 표현하기 어려웠다. 감상은 금물이라 울 수도 없었다. 나는 평범하게 말하고 행동하였다. 그러나 마지막 날 인사를 하면서 기어코 울먹이고 말았다. 미안하다. 정말 미안하다. 얼마나 값싼 눈물인가. 거기 머무는 1박 2일 동안 하나님이 거기 와 계셨다.

허락과 거절

　지난해 가을 어떤 수필 전문지에서 만나자고 하였다.

　"내년 여름호에 '문제작가 신작 특집'에서 선생님의 작품을 다루고 싶어서요."

　내가 기대했던 반응을 보이지 않았는지, 그는 그 특집의 영향력이 얼마나 대단한가를 설명했고, 듣기 좋으라고 칭찬의 말도 아끼지 않았다. 내년 5월 중순까지만 쓰면 되는 글을 벌써부터 서둘러야 하는구나 다소 놀라면서 나는 확실하게 '그렇게 하지요' 대답하지는 않았다. 그러나 싫다고 펄쩍 뛰지도 않았다.

그런 자리에서 어정쩡한 태도를 보인 것은 허락한다는 말과 같을 것이다. 사실 아직도 8개월이 남아 있으니 신작 5편이 그리 어렵겠는가. 쓰기 시작하면 잘 풀리겠지, 낙관하였을 것이다. 우리는 헤어지면서 서로, 그는 나에게 나는 또 그에게 고맙다고 인사하였다. 그는 쓰지 않겠다고 빼지 않은 나에게 고맙다고 했을 것이고, 나는 그 많은 작가 중에서 나를 기억해 준 것이 고마웠다.

그러나 올해로 접어들면서 슬슬 걱정되어 글을 서둘렀고, 글을 제출해야 하는 5월이 되면서부터 내 신경이 온통 그쪽에 쏠리게 되었다. 나는 조금이라도 한가한 틈이 있으면 신작을 다시 읽고 수정하는 일에 매달렸다. 오랫동안 묻어두었던 내 삶의 은밀한 역사를 고백하는 글이 되었기 때문에 애정을 가지고 몰두했는데 어딘지 모르게 흡족하지 않았다. 왜 흡족하지 않을까 아직 절실함이 모자란가. 혹시 나도 모르게 특집을 염두에 두고 억지로 쓴 글은 아닌가. 나는 불만족의 이유를 파고들었다. 내가 변한 것인가, 글이 변한 것인가. 내가 변했다면 발전한 것이고 글이 변했다면 나태해졌다는 말이다.

오늘 5월 20일 드디어 전화가 왔다. 나는 바짝 긴장했다. 못하겠다고 오리발을 내밀어? 순간 그런 생각이 스쳤다. 그런데 그쪽에서는 작년 가을 부탁했던 걸 잊어버린 것처럼 엉뚱한 주문을 했다. 월말의 연례행사에서 격려사를 해 달라는 것이었다. 그는 정말 내가 그토록 중히 여기는 작년 5월의 청탁을 잊어버린 것일까? 문득 섭섭한 마음이 들었다. 격려사는 하겠다고 했다. 거절하지 말자, 어지간하면 허락하자. 거절은 나를 피폐하게 한다. 잡지사는 5월 말쯤 잊지 않고 '신작 5편'을 내놓으라고 할 것이다. 나도 아무 말 없이 묵묵히 준비된 것을 내밀면 될 것이다. 거절하지 않은 것은 매우 잘한 일이다.

나를
경청하소서

　잠자리에 누우면 하루를 살아낸 것이 대견하다. 때로는 뒤에서 누가 쫓아오는 듯이 숨이 가빴고, 때로는 앞장서서 길을 뚫는 듯이 달리느라 정신이 없었다. 그러면서도 넘어지지 않고 무사했으니 참으로 고마운 일이다.

　대낮은 언제나 명경 같다. 일만 개의 눈을 뜨고 나를 투시하는 거울, 그러나 나는 정대하고 과묵한 그의 왼쪽 한 발쯤 뒤에 서서 동행하는 일에 익숙해져 있다. 동행이라고? 아니다, 동행이라는 말은 외람되다. 나는 그를 수행하듯이 복종했다. 대낮은 숨을 데가 없는 벼랑 같기도 하다. 완전히 노출

되어 공개된 자리에서 은밀한 방도를 찾는다는 것은 얼마나 어리석은가. 그 앞에서는 감출 것도 없고, 감히 감추려고 하지도 못한다. 차라리 터놓고 살았기 때문에 이렇게 마음 편하고 친근할 것이다.

해는 거대한 꽃송이처럼 시시각각 자리를 옮기다가 드디어, 지평선 아래로 잠긴다. 끈끈하고 집요하게 움켜쥐었던 것들을 놓아 보내고, 나는 비로소 풀리어 나를 만날 수 있을 것이다. 불투명한 장막 속에는 혹시 해결되지 않은 잔해들이 부스러져 있겠지만, 지금은 굳이 그런 것까지 생각하고 싶지 않다.

저녁은 약속처럼 온다. 아무런 긴장감도 주지 않고 그 어떤 것도 독려하지 않으면서 그는 기대고 쉴 수 있는 어깨를 내어준다. 그를 만나기 위해 나는 얼마나 많은 고개를 넘으며, 참고 이겨냈는가. 아직도 정돈해야 할 숙제는 남아 있지만, 그래도 하루를 잘 살았노라고 말하고 싶다. 나는 저녁마다 나를 칭찬하고 위로한다.

깊은 밤 거울 앞에 앉으면 나는 머리를 빗고 싶다. 먼 길을 떠나는 행장을 차리듯이, 깊이를 알 수 없는 꿈길을 밝히듯이, 몽롱한 길을 떠나고 싶은가보다. 대양으로 가는 쪽배처럼 떠서 가출하듯 잠 속을 흐르고 싶은가보다. 이부자리에

발을 뻗고 누우면 이 세상 아무도 부럽지 않다. 갑자기 조그마해지는 우주, 아무것도 아니었구나, 탈 없이 건넜구나. 고맙습니다. 날마다 그런 말을 마음속에 담으면서 눈을 감는다.

밤은 나의 창세기, 꿈은 나의 피난처, 아무도 따라오지 못하는 완충의 산호림. 미궁인 듯, 늪인 듯, 꿈길은 좁고 나는 거기서 길을 잃고 싶다. 풀리지 않는 매듭이야 하나둘이 아니지만, 그것이 삶이려니 세상이려니 한다. 날마다 새벽이 있고 대낮이 있고 저녁이 있고 밤이 있으니 얼마나 화려한가, 이렇게 밤마다 낡은 역사를 덮어쓸 것이다.

알맞은 때

창밖으로 보이는 영동3교 위로는 차들이 정체되어서 되디된 반유동체가 흐르는 것처럼 좀처럼 움직이지 않는다. 흐르다가 멈췄다가 겨우 움직이는가 하면 이내 다시 막힌다. 그렇게 반복하기를 한 시간이나 한 것 같다. 이상하게 외곽에서 서울로 들어오는 차들은 막히는데 반대로 외곽으로 빠지는 차들은 정상적으로 달린다.

지금은 대낮, 12시 45분 어디로 갔다가 돌아올 시간은 아닌데~ 아무튼 다들 바쁜가 보다.

어제 라디오 방송을 듣고 있는데 출연자들은 서로 '물금이냐' '불금이냐'를 묻고 있었다. 물금은 신나는 일이 아무 것도 없는 맥 빠진 금요일, 별로 볼일이 없는 물 같은 주말이 고, 불금은 설레는 약속으로 바쁘게 쫓기는 신나는 금요일 이라는 것이다. 그들 중 하나가 '설금도 있어요. 난 설금인 데' 했다. 설금은 설레는 금요일이라나?

나는 물금도 불금도 아니지만, 한 달만에 수채화 갤러리 에 가서 새롭게 인사하고 오래 놓았던 붓에 물을 적셨으니 설금이라고 해야 맞을 것 같다. 이런 말 하기는 아직 외람되 지만 책을 한 권 내고 난 후 작품의 흐름이 달라지듯이 전시 회를 한 번 하고 나면 무엇인가 방향이 달라져야 할 것 같다. 만약 그렇지 않다면 나는 내게 주문을 외워서라도 새로운 방향을 모색해야 할 것이다.

전시회를 보러 온 친구 중에 이렇게 말하는 사람도 있었 다.

"더 일찍 시작했으면 좋았을 텐데. 아쉬워요."

아쉽다는 말은 너무 늦었다는 말인가. 인정받기에도 늦었 고 보람을 느끼기에도 늦었다는 말인가. 아무리 전시회를 열어도 이미 잃어버린 시간은 잃어버린 시간이라고. 만회할 수도 없고 되찾을 수도 없다는 말이겠지. 친구는 왜 나에게 조금도 격려가 될 수 없는 말을 할까.

그러나 나는 아주 알맞은 시기에 그림을 시작했다고 생각한다. 우연히 어쩌다가 시작한 것이 아니라, 알맞은 때가 나를 불러서 시작했다고. 누구에게 일어나는 무슨 일이나 지금 시작한 것은 바로 지금 일어나기로 예정된 일이라고.

우리는 알맞은 때에 태어나서 알맞은 때에 알맞은 일을 하다가 알맞은 때에 돌아간다. 나는 낙천적인 사람인가? 이 낙천적인 시각이 나를 지금껏 이만큼이라도 건강하게 살도록 안내했을 것이다. 오늘 나는 설금, 설레는 금요일이다.

아들이
손님 같을 때

모스크바에서 준이가 왔다. 비자를 새로 받기 위해서 온 것이다. 모스크바는 석 달만에 한 번씩 새로 비자를 받아야 한다니 참, 성가신 일이다. 나는 '석 달에 한 번씩 아들을 만날 수 있으니 기쁘다'고 했지만 그건 공연한 소리다. 러시아에서는 외국인들에게 정을 붙이고 살고 싶은 마음을 주지 않는다. 사회주의에서 벗어나서 체제가 달라졌다고는 해도 제약이 많다.

그저께 왔는데 오늘 오후 간다고 하니 번개처럼 왔다가 벼락처럼 간다.

나는 그를 아들로 만날 수가 없다, 너무 바쁘다. 그렇다고 '너는 네 일을 하거라. 나는 내 일을 하련다'고 일상의 일정을 그대로 진행할 수도 없다. 억지로 진행한다고 해도 마음이 딴 데 있어서 전혀 진도가 나가지 않는다.

나는 일이 어떻게 될 줄 몰라서 일주일의 일정을 모두 취소하였다. 그리고 몹시 바쁘다면서 일을 보러 나간 아들을 기다린다. 어제는 내 차에 태우고 병원으로 시장으로 운전기사 노릇을 시켰다. 그러나 점심때가 되었는데,

"어머니는 혼자 집으로 가셔야겠어요. 저는 만날 사람들이 있어요" 하였다. 누굴 만나느냐고 했더니, 전에 단기선교사로 와서 고생한 사람들에게 점심이라도 사 먹여야겠다고 하였다. 그럼 그렇게 하라고 하면서 시계를 들여다보니 벌써 한 시가 넘어 있었다.

"너무 늦어서 다들 배고프겠다."

준이는 어떤 때 겨우 묻는 말에나 대답하면서도 내가 알아듣지 못할 줄로 아는지, 가끔 난처해한다. 내가 러시아 말을 모르니까, 우리나라 말도 모를 줄 아는가? 그를 가까운 전철역까지 데려다주고 혼자 돌아왔다. 그는 밤 열두 시 가까워서야 돌아오더니 날이 밝자 아침 식사도 하지 않고 다시 다녀올 곳이 있다면서 나갔다. 객지에서 주렸을 아이 먹

으라고 식탁에 벌여 놓았던 반찬이며 먹을 것들을 다 치워버리고 떡 한 접시에 미역국 한 공기씩만 남겨놓고 아침을 먹자고 했더니 남편은 아무 불평 없이 그러자고 했다.

아들은 이미 손님이 되었다. 그러나 남편은 손님이 아니어서 편하다. 아이들한테 하는 것처럼 진작 남편에게 했더라면 열녀라고 소문이 났을 것이다. 지금은 아침 열시 반. 그가 열한 시에 돌아오면 바로 점심을 먹여 멀리 모스크바로 보내야 한다. 그리고 석 달 후에 비자 때문에 돌아온다고 해도 내 차지가 될 수 없을 것이다.

그 애는 석 달 후에도 이번처럼 정신없이 지내다가 손님처럼 훌쩍 떠날 것이다.

그
남
자

벌써 여러 해 전의 일이다. 오후 2시경이라 전철 안은 한
산했다. 내 옆의 남자가 큰 봉투 안에서 서류를 꺼내더니 꼼
꼼히 들여다보았다. 남자는 아주 열중해 있으면서도 평화로
운 표정이었다. 왜 있지 않은가. 소리 내어 말하지는 않아도
전신에서 풍겨오는 열기 같은 것 말이다.

　그 열기가 내게 그 남자의 흐뭇함을 전해 주었다. 승객
이 몇 사람 되지 않았으므로 전철 안에는 자리가 남아 널찍
하였다. 남자는 서류를 펼쳐 놓고 찬찬히 살펴보고 있었다.
〈아파트 분양 계약서〉라고 씌어 있었다. 내가 교양도 없이

그 남자의 서류를 넘겨다보면서 제목을 읽었지만, 관심을 보이는 나를 이상히 여기지 않는지 전혀 감추려는 기색이 없었다.

분양받은 아파트의 주소가 서울 Y구로 되어 있고 평수는 잘 모르겠는데 분양가가 2억 3천 얼마였으며, 은행에서 대출받는 돈이 8천만 원 정도였다. 아마 국민주택 정도의 소형아파트인 것 같았다. 남자는 당시 서울시민이 관심을 가지고 바라보던 Y구 뉴타운에 아파트를 분양받은 모양이었다. 2억 3천여만 원에서 8천만 원은 빚을 지고 1억 5천여만 원은 나누어 내겠지. 나는 하마터면 그 남자에게 말을 붙일 뻔했다. 말을 붙였어도 그 남자는 나를 받아 주었을 것이다. 나는 속으로 이렇게 말하고 있었다.

"새로 아파트를 분양받으셨군요. 축하해요. 정말 기쁘시겠어요."

남의 일인데 왜 그렇게 내 맘이 훈훈해질까. 30대 후반 아니면 40대 초반일 것 같은 그 남자의 옆얼굴은 살비듬이 일어날 듯 까칠하고, 점퍼는 철이 지난 것이었고 바지도 낡아 있었다. 남자는 읽던 계약서를 조심스럽게 봉투에 넣었다. 아, 그러더니 봉투에서 무슨 책을 꺼냈다. 붉은 표지의 성경, 그는 성경을 폈다. 영문판 성경인데 그가 펼친 곳을 자세히 들여다보니 Psalms(시편) 105편이었다. Give thanks to the Lord, Call on his name…(여호와께 감사하고 그의 이름을 불러…). 글씨가 작아서 보기가 어려운데도, 남자는 입으로 중얼거리면서 시편을 외우고 있었다.

여러 생각이 머릿속을 훑고 갔다. 가슴 복판으로 뜨거운 강물이 흘렀다. 나는 종로 3가에서 내리면서 남자를 돌아다보았다. 소중하고 아름다운 것을 두고 나 혼자 내리는 것처럼 마음이 허전하였다. 오늘이 있기까지 쉬지 않고 달렸을 남자, 하루하루 감사하며 살았을 남자. 그 남자가 절망하는 일이 없기를 바라면서 멀어진 전차를 바라보았다.

문
앞
에
서

낯선 문 앞에서 나는 다시 노크하였다. 잠겨 있을지 몰라도 우선 그렇게 하는 게 순서다. 설령 잠겨 있을지라도 무작정 잡아당길 수는 없으니까. 안에서 누군가 나와서 내가 무슨 용건으로 왔는지, 약속은 되어 있는지 묻겠지. 문은 아무 때나 누구에게나 열리지 않는다. 생각하면 지금까지 무수한 문 앞에서 기다렸다. 문은 어느 세계로 진입하는 통로. 열린다는 것은 허락이요, 응답이다.

내가 지금까지 여닫은 문들이 나를 외면하거나 내치지 않았던 것이 새삼스레 고맙다. 문은 열리게 되어 있지만 만일 끝끝내 열리지 않는다면 그것은 문이 아니라 벽일 것이다. 사철 열어놓은 문도 문이라고 할 수는 없다. 문의 정통성은 열림인 동시에 닫힘이니까.

닫힌 문 앞에서 나는 항상 깊은숨을 들이쉬며 앞섶을 여미고 마음을 진정시켰다. 열어야 할 것인가 그냥 돌아설 것인가 고민하지 않았다. 문은 항상 들어올 사람을 기다리고 있다고만 생각하였다. 그러나 하나의 문을 열고 들어서면 또 열어야 할 문이 있었다.

열고 싶은 문이 없다는 것은 소망이 없다는 것. 열어야 할 문이 없다는 것은 하고 싶은 일도 도전하고 싶은 일도 없다는 것이다. 어쩌면 의욕이 없고, 포기의 상태에 있다는 것인지도 모른다. 그것은 종말이나 다를 바 없다.

"지금 나이가 몇인데요. 이젠 꿈을 접어야지요."

그렇게 말하는 어조에는 암담한 절망이 있다. 진실로 접었을까? 그냥 해보는 겸양의 말이 아닐까. 살아있는 한 새로운 문이 나를 부를 것이다. 때로는 두렵기도 하고 귀찮기도 할 것이다. 바라노니 문을 열고자 하는 내 마음에 망설임이 없기를, 열고 들어서서 율법에 순종하듯이, 그것이 맨 처음인 것처럼 겸허하게 시작하기를.

그러나 철의 장막 앞에서 쓸데없는 고집으로 밤을 새우지 말기를, 그 앞에서 다만 과욕과 집착과 자존심으로 공연한 열정을 소진하지 않기를. 무작정 새 문을 열고 들어서려고 매달리지 말고 지금 서 있는 곳 전후좌우와 동서남북을 충실히 익히고 사랑하기를. 혹시 나 자신이 육중하게 닫혀 있는 문은 아닐까? 나를 오래 두드리다가 발길을 돌린 사람은 없을까. 공연히 잠가두고 무한정 대답을 유보하는, 주장만 강하고 통풍이 되지 않는 견고한 문은 아닐까. 이제라도 문을 반쯤 열어 두기로 한다. "어서 오세요. 기다리고 있었습니다." 이젠 나도 그에게 허락할 차례가 되었을 것이다.

말로 표현하기

아무런 이유도 없이 '어쩐지 그 사람이 나를 싫어하는 것' 같은가? 어쩌면 그가 나를 싫어하기 전, 내가 먼저 그를 싫어했을 수도 있다. 그를 싫어하는 내 마음이 여과 없이 전달되어 그가 나를 멀리할는지 모른다. 마음은 무선으로 연결되어 있고 강한 전류로 직결되니까.

누가 내게 무례하다고 생각되면 왜 그럴까 이유를 생각해야 한다. 아마도 내 잘못인지도 모른다. 그가 함부로 행동하도록 내가 먼저 빌미를 보였을 것이다.

송영수는 수업 시간 맨 앞자리에 앉아 있었다. 그는 시골에서 전주로 유학해 와서 자취하였다. 눈에 띄게 예쁘지도 않고 세련되지도 않았지만, 복장이 단정하고 태도도 정중하였다. 그는 수업 시간 내내 진지한 표정이었고 누구보다도 성실했다.

성실, 나는 이것을 인간의 덕성 중 가장 으뜸으로 친다. 내가 "성실한 사람이지요."라고 할 때는 그 말에 최상의 마음을 담아서 칭찬하고 싶을 때이다.

송영수는 졸업 후에 교육대학에 입학하였고 후에 초등학교 교사가 되어 고향 마을로 내려갔다는 말을 여러 사람에게 물어서 알아냈지만, 그도 그렇고 나도 그렇고 서로 연락은 하지 못했다. 한 번은 친척들이 모인 자리에서 초등학교 교사로 재직 중인 동서가 내게 다가와 물었다.

"혹시 송영수라는 사람을 아세요? 제자라고 하던데요."

세월이 많이 흐른 뒤지만 '송영수'를 모른다면 말이 되나, 물론 알고말고. 나는 반가워서 물었다.

"그건 왜요? 송영수, 잘 알지요."

"저와 같은 학교에 근무하는데 이향아 선생님이 자기를 아주 예뻐했다고 늘 자랑해서요."

그 말을 듣고 깜짝 놀랐다. 송영수에게 한 번도 특별한 마음을 표현한 적이 없었는데 어떻게 알았을까? 따로 불러서 얘기를 나눈 적도 없고 등 한번 다정하게 토닥여 준 적도 없지만, 열심히 공부하니까 칭찬한 적은 있을 것이다. 나는 속으로만 "송영수는 좋은 학생이다. 믿을 만한 학생이다, 앞으로 잘 될 것이다." 생각했었다. 그런데 어떻게 송영수가 자기를 인정하는 내 마음을 알았을까?

그 뒤로 송영수를 꼭 한 번 따로 만나고 싶었는데, 그렇게 하지 못했다. '송영수! 그래 나는 너를 정말 예뻐했어. 말은 하지 않았지만, 속으로는 너를 무지무지 사랑했다.' 만나면 내 마음을 꼭 말로 표현하고 싶다.

무슨 색깔을 좋아하세요

　좋아하는 색깔을 물으면 하늘색이라고 대답했다. 중학생 때였다. 나는 '하늘색'이라고 대답하면서 색깔을 생각하지 않고 하늘을 생각했다. 그러나 내 마음은 하늘색에 오래 머물러 있지 않고 하늘색보다 보라색 쪽으로 마음이 쏠렸다. 그런데 어떤 친구가 보라색을 좋아하는 사람은 정신적으로 안정되지 못한 사람이라고 하였다. 정신병자 중에는 보라색을 좋아하는 사람들이 많다는 말까지 했다. 그 말을 들으니 마음이 께름칙했다. 속으로는 보라색이 좋아도 내 정신을 의심할까 봐 털어놓지 않았다.

나이가 들어가면서 녹색이 점점 좋아지더니 지금은 무슨 색이 특별히 좋다는 생각이 없다. 하늘색이 좋은 것도 아니고 보라색이 좋은 것도 아니고, 녹색이 좋다고 강하게 주장하고 싶은 마음도 없다. 이제는 친구끼리 어울려도 무슨 색을 좋아하느냐는 질문 같은 건 하지도 않는다. 모든 색이 다 좋아진 것이다.

색깔은 어느 색이든 그가 놓인 자리에 어떤 색이 이웃해 있는가에 따라서 달라진다. 회색도 붉은색과 어울리든지 주홍색과 어울리면 멋진 색깔이 된다. 검은색도 주변의 색깔에 의해서 매우 화려해질 수도 있다. 따지고 보면 흰색처럼 사치스럽고 고급스러운 색깔도 없다.

새 시집이 나오는데 이번에 만난 출판사에서는 표지에 그림을 넣지 않고 시인이 좋아하는 색깔만 넣는다. 오늘 아침 출판사에서, 표지는 무슨 색깔로 할까요? 문자로 물었다.

"크림슨레이크crimson lake나 오로라Aurora 색깔로 해주세요." 나는 제법 유식한 말을 써서 문자로 대답하였다. 크림슨레이크는 진홍 색깔이다. 알기 쉽게 말하면 맨드라미 색깔과 비슷하다. 그리고 오로라 색깔은 푸른 번개처럼 드맑은 청색이다. 그 두 가지 색은 전혀 닮지 않았다. 서로 등을 진 듯 반대 색깔이다. 말하자면 나는 어느 계열도 놓치고 싶지 않았을까. 이렇게 덧붙였다.

"이걸로 할까 저걸로 할까, 변덕이 죽 끓듯 해요." 이 문자를 읽고 출판사에서도 웃었을 것이다. 어디 나만 그렇겠는가, 다른 사람들도 나와 비슷할 것이다. 다른 모든 색깔과 등을 지지 않고서 어찌 하나의 색깔을 선택하랴?

진종일 고민했더니 크림슨레이크도 오로라 색깔도 없어져 버렸다. 이제는 보라색으로 할까, 녹색으로 할까로 다시 마음이 변했다. 정말로 변덕이 죽 끓듯 한다.

과
분
한
봄

　그래도 봄이여 오고 계십니까, 아니 벌써 여기 와 계십니까. 그대는 잊지 않고 오셨는데 자리 잡고 앉아계실 자리도 마련하지 못했습니다. 정중히 모실 만한 곳이 어디인지 두리번거리지만 마땅치가 않습니다. 지금 지상에는 그대를 모실 자리, 그대가 좌정하실 만한 자리가 없습니다. 우리는 그대를 맞아 부를 노래도 잊어버렸습니다. 입도 막혀 있으므로 환영의 말씀도 말답게 할 수가 없습니다. 그래도 봄이여, 그대는 잊지 않고 찾아오셨습니까. 이 한스러운 땅에, 믿지 못할 어지러운 땅에.

엊그제 오랜만에 먼 길을 떠나면서 아파트 정원에서 문득 걸음을 멈추었다. 살구꽃이 활짝 피어 있었다. 내가 그동안 무심하게 건성으로 지나치곤 했을까? 꽃이 활짝 피도록 몰랐다는 게 말이 되지 않는데, 그걸 오늘 처음 보다니 염치가 없다. 꽃은 언제 이렇게 소리 없이 피었을까, 꽃이 피는 것도 모르고 나는 왜 땅만 보고 걸었을까, 무슨 생각을 하면서 그 곁을 지났을까, 무슨 시간에 정신없이 대어가느라 몰랐을까. 아니야, 그럴 수는 없어 꽃이 피는 걸 몰랐다니 말이 되는가, 나는 꽃이 피도록 무심했던 내 잘못을 변명하느라 말을 찾는다. 아니야, 꽃은 피려고 마음먹으면 금방 피어, 오래 머금고 있던 웃음처럼 햇살에 견디지 못해서 오늘 아침 갑자기 웃음을 터뜨렸을 거야.

아, 살구꽃 흰색도 아닌 것이, 분홍도 아닌 것이, 안타까운, 연하고 연한 연분홍이 내 가슴을 사뭇 뛰게 하였다. 나는 멈칫하여 걸음을 멈추었다. 사방을 둘러보니 산수유도 피어 있었다. 산수유는 금방 핀 게 아니라 며칠 된 모습이었다. 진작 피어 있었는데 내가 그걸 못 본 것이다. 아직도 강원도에는 80센티의 눈이 쌓인 곳도 있다고 어제 뉴스에서 보여주었다. 얼어붙은 바람 속을 혼자서 걸어 온 봄. 하도 황송하여

서 할 말이 없다. 오늘은 봄비도 그치고 하늘이 희끄무레하다. 물오른 버드나무 가지가 자욱한 안개 속에 부풀어 보인다. 속에 품고 있는 진심을 곧 내보일 것이다.

시냇물 건너 아파트의 창들은 검은 윤곽을 그리고 있다. 그것은 마치 사각형의 깊은 수렁처럼 보인다. 그들 하나하나가 마스크로 입을 가리고 침묵하는 사람들 같다. 거기 갇힌 사람들은 병자처럼 은거하거나 죄인처럼 갇히어서 밖을 그리워하지 않을까. 그러나 그쪽에서 보면 나도 그렇게 보일 것이다. 모두 문을 밀고 나와야 한다. 나와서 과분한 봄을 맞아야 할 것이다.

누군가 당신을 보고 있다

여자는 머리를 뒤로 묶고 머리띠를 두르고 있었다. 그리고 뒷머리에는 장식이 없는 핀을 꽂고 있었다. 여자가 바로 내 앞자리에 앉았기 때문에 나는 그가 입고 있는 블라우스를 가까이서 들여다볼 수가 있었다. 여자의 옷 무늬는 마치 동화책을 보는 것처럼 귀엽기도 하고 재미도 있었다.

연한 베이지색 블라우스의 바탕에는 진홍의 양귀비꽃이 깔려있었다. 피었다가 씨가 되어 금방 하늘로 날아갈 준비를 한 민들레의 하얀 줄기도 양귀비보다 조금 작게 드문드문 보였다. 그리고 우리가 어렸을 때 토끼풀꽃이라고 불렀던 클로버꽃은 민들레 아래 아주 조그만 연초록으로 피어 있었다. 잠자리가 몇 마리나 되는가 세어보다가 날지 않고 꽃 속에 숨어 있는 벌도 있어서 세기를 멈추었다.

어찌 보면 블라우스의 그 무늬는, 지나치게 많은 종류의 꽃과 곤충들이어서 정신이 산만할 만큼 복잡하고 소란스러워야 하는데 이상하게 그렇지는 않았다. 그들은 어우러져서 마치 오케스트라처럼 가만히 들여다보고 있는 내 마음을 잡아끌었다.

내가 애초에 그 여자를 관찰할 수 있었던 것은 바로 뒷자리에 앉아 있기 때문이 아니라, 그가 입은 블라우스의 화려한 색감 때문이었을 것이다. 그 여자의 얼굴은 아직 모른다. 이따 휴식 시간에나 볼 수 있을는지….

여자의 곁에 있는 남편인지 형제인지 모를 남자는 짙푸른 쪽빛 티셔츠를 입었는데 등에는 'KAPPA'라는 글자가 박혀 있었다. 글자가 너무 커서 처음 눈길이 닿았을 때 잠시 움찔하였다. 별로 마음을 쓰지 않고 잡히는 대로 걸치고 나온 듯한 남자의 티셔츠와 여자의 동화 같은 무늬의 블라우스가 묘한 조화를 이루었다. 강당은 계단식으로 되어 있어서 나는 내려다보는 자세로 그들을 볼 수 있었다.

아마 내 뒤에서는 내가 앞사람을 내려다보듯이 나를 내려다보는 사람이 있을 것이다. 나는 뒤를 돌아다보지 않았기 때문에 어떤 사람들이 앉았는지 모르지만, 아마도 그들은 나처럼 쓸데없이 남의 옷 색깔이나 무늬를 세세히 들여다보지는 않을 것이다. 그런데도 나는 내 옷차림에 신경이 쓰였다. 내 옆에 앉아 있는 남편의 옷도 슬쩍 곁눈질하였다.

누군가가 보고 있다. 언제나 나는 누군가의 관찰 대상이 되고 있다. 어떤 눈이 나를 보고 있다. 나는 문득 내 자세를 수습하고, 손가락을 펴서 머리카락을 쓸어 넘겼다.

구인란과 구직란

"나 금요일 휴가 내려고 해. 목요일이 노동절이니까 금요일만 휴가 내면 다음 월요일까지 계속 쉴 수 있는 거야."

들으려고 해서 들은 것이 아니다. 옆에 있는 사람이 전화를 하는데 내 귀에까지 들린 것이다. 상대 쪽에서는 무엇이라고 했는지 물론 모르겠다. 그는 다시 이렇게 말했다.

"여행 계획은 아직 없어. 우선 휴가부터 받아놓고 보는 거야."

금주도 내주도 소위 징검다리 휴일인데다가 월요일이 마지막 휴일로 되어 있어서 금요일 하루만 휴가를 내면 횡재하듯 닷새를 쉴 수 있을 것이다. 모르면 몰라도 금요일에 휴가를 낸 사람들이 많을 것 같다.

닷새 연속 쉰다면 국내뿐만 아니라 외국도 가까운 지역이면 충분히 다녀올 수 있는 기간이다. 소규모의 기업체를 운영하는 친구가 있다. 그는 늘 인력난에 시달린다. 사람을 쓰려고 해도 적당한 사람이 없다는 것이다. 나는 그의 말을 들으며 다소 의아했다. 일자리를 찾는 사람들은 일자리가 없다고 난리인데 사람을 쓰려는 측에서는 사람이 없다고 아우성이니 어떻게 된 것인가.

"월차 따로 주나요?"

"월차라니요? 공휴일은 쉽니다만."

"생리휴가 말이에요."

젊은 여자의 입에서 생리휴가 어쩌고 하는 말을 듣고 있으려면 울화가 치민다고 하였다. 그런 사람들은 설령 채용되었다 해도 엉뚱한 짓을 하고 결근도 밥 먹듯이 하면서 절대로 미안한 태도가 아니란다. 그래서 동남아 사람들을 쓸 수밖에 없다고 하였다. 소위 3D 업종이 아니라도 대기업이 아니면 업체를 우습게 보고 맞먹으려 든다는 것이다.

이번 주나 혹은 다음 주 금요일 하루 휴가 내고 닷새를 연속 쉬는 사람들은 좋을 것이다. 그러나 소기업체는 연휴 때문에 5월 내내 애를 먹을 것이다. 세상에는 '누이 좋고 매부 좋고'라는 말이 있지만 그렇게 양쪽이 다 좋은 경우는 사실 많지 않다.

　요즘은 한 직장에 오래 머물러 일하는 사람을 성실한 직원으로 평가하지 않는다고 한다. 맘에 맞지 않으면 가볍게 손을 털고 옮긴다고 한다. 한 직장에서 오래 일하는 사람을 무능한 사람으로 보고 여기서 저기, 저기서 여기로 옮기는 사람이 인정받고 발탁되는 능력자라는 것이다. 중소기업이 잘 돼야 한다고 말로는 시끄러운데 어떻게 해야 잘 될 수가 있을까 걱정이다.

난장판에
내다걸다

상가의 간판을 유심히 보는 편이다. 이름을 지어 내건다는 것은 보통 일이 아니니까, 그것은 존재의 의미를 외치는 일이며 관심을 유인하는 손짓이고, 솟아오르려는 몸짓이니까.

그동안 사람의 이름이나 상호를 지어달라는 사람들이 더러 있었다. 그것은 내가 언어를 다루는 시인이라는 것과 상관이 있을 것이다. 이름을 지을 때면 소리의 어울림을 제일 먼저 생각하고 다음에 뜻을 생각한다. 그것이 일으키는 연상작용을 생각하고 분위기도 고려한다. 나는 즐겁게 그러나 상당히 고민하면서 작명에 임하곤 했다.

간판은 얼굴이고 이름이며 존재의 이유다. 그것을 하늘 아래 내걸 때까지 얼마나 견디고 힘쓰고 마음 졸였을 것인가. 간판은 그 자체가 자랑이요 욕망이요 표현이므로 나는 간판을 예사롭게 보아 넘기지 않는다. 경외와 비슷하고 엄숙에 가까운 마음으로 그것을 바라본다.

특히 새로 태어난 어린애의 이름을 지을 때 나는 긴장한다. 그가 평생을 지니고 살아갈 이름, 그 이름으로 그 사람을 대신하고 그것으로 우뚝 서서 그것으로 걸어가야 하기 때문이다. 요즘은 세계화가 되면서 성과 이름이 삼음절이나 사음절로 끝나지 않고 그 이상 혹은 그 이하가 되는 경우도 흔하고 우리말의 범위를 벗어나 국제화를 지향하는 이름도 많다.

그런데 그것도 이제 포화상태가 되었는지 다시 옛날로 돌아가서 아주 참신하게 부활하고 있다. 백 년 전의 꽃님이나 돌쇠는 이제 가고 없지만 새 시대의 꽃님이가 다시 생기는 것이다. 인공에 시달리고 과학에 시달리고 격식에 지친 나머지 원시의 자연을 회복하려는 모양이다.

동네 가까운 상가에 거두절미하고 '술집'이라는 간판을 걸어놓은 술집이 있다. 그리고 그 옆 몇 걸음 떨어진 곳에 술집을 본떴는지 '고깃집'이라는 간판도 걸려 있다.

그 간판을 보는 순간 나는 마치 무방비 상태에서 도전받은 것 같은 느낌, 그러나 매우 반갑고 애교 있는 도전을 만난 것 같은 생각이 들었다. 장식을 한다는 것은 자신감이 없다는 말이니까. 술집이면서도 직접 술집이라고 하지 않고 에두르고 포장하여 넌지시 건네는 것이 아니라 술수를 쓰지 않고 결론을 얘기하는 모습, 그냥 술집이고, 본색이 고깃집이라는 말, 그 밖의 것은 수식이요 췌언이요 사족이라는 말, 참으로 당당한 자신감에 넘치는 자연의 모습이다.

나는 거기 간다

나 내일 거기 간다. K여자고등학교의 초청을 받아서 간다. 마치 오래전부터 그런 일정이 이미 정해져 있었던 것처럼 익숙한 생각이 든다. 신혼 초 셋방을 살던 곳, 흙 부뚜막에 엎드려서 설거지하고 남편의 자전거 뒤꽁무니에 타고 출근하던 곳. 그래도 불편하지 않던 시절, 행복이 무엇인가는 몰라도 가난이 무섭지도 않고 부끄럽지도 않던 시절의 그곳으로 간다.

아이 셋을 거의 연년생으로 낳은 곳. 내 젊음의 10년을 그 운동장에 묻어두고 떠나왔던 곳, 떠날 때는 퇴임 인사도 못

하고 울먹이고 서 있다가, 교감 선생님이 내 등을 감싸고 나를 교무실 밖으로 데리고 나오던 그곳. 교감 선생님의 손수건으로 눈물을 훔치던 곳.

여러 학교를 돌아다녔지만 지금도 "높은 산과 맑은 시냇물 솔밭에 둘러싸인 곳 우뚝 솟은 우리 학교 영원히 그 이름 빛나리"라고 하는 그 학교 교가밖에는 아무 교가도 생각나지 않는, 그 학교 명예 졸업생이라도 되었으면 싶던 곳. '전주행 고속버스'라는 푯말만 보아도 내 가슴을 마구 울렁이게 하던 곳. 나는 내일 거기 간다. 외람된 이름, 〈명사 특강〉이라는 이름으로 간다.

나는 그런데도 강의 원고를 하나도 작성하지 않았다. 며칠 전 '주제를 무엇으로 하시겠습니까?' 전화가 왔을 때, '당신의 꿈은 무엇입니까?'라고 했었다. 그러나 정말 나는 그 제목에 충실할 수 있을는지 모르겠다. 아마도 엉뚱한 말을 하다가 끝도 맺지 못하고 올는지도 모른다. 나는 흥분할 것이고 가슴은 뛰어올라 멍멍할 것이다.

그때 같이 있던 사람 중에는 세상을 떠난 사람들도 여럿이다. 서울로 옮겨간다는 말을 듣고 가지 말라고 오래오래 함께 있자고 선교사들의 기념관이 있듯이 이향아 기념관을 지어주겠다고 하시던 교장 선생님도 가시고 교감 선생님도

가셨다. 내 동료 중에서도 제자 중에서도 먼저 간 사람이 여럿이다. 떠난 사람들을 그리워하면서도 새로운 사람들을 만나러 간다.

　버스 시간표를 보니 아침 6시부터 한 시간 간격으로 있다. 7시 버스를 타려면 집에서는 여섯 시경에 나가야 한다. 나는 내일 거기 간다. 떠나올 때보다는 조금 출세하고 성공했을는지 모르지만, 그만큼 모습도 달라졌을 것이다. 강산도 변한다는 10년, 무서운 세월이 여러 번 지나간 다음에야 간다. 가는 길 들판에는 영글어가는 열매들이 넘칠 것이다.

공짜라니, 수상하다

공짜처럼 수상한 것은 없다. 공짜처럼 비싼 것은 없다. 왜 공짜로 주는가? 왜 내게 주는가? 당신이 나와 무슨 관련이 있어서 까닭 없이 내게 선심을 베풀겠다는 것인가. 친절도 지나치면 불쾌하다. 나는 공짜를 기웃거릴 만큼 한가하지 않다. 나와 무관한 곳에 마음을 쏟을 만큼 한가하지 않다. 정도를 벗어날 만큼 어리석지 않다. 하루하루의 삶에서 나를 옥죄는 무수한 일들 그것들을 풀어가는 일만도 나는 벅차다. 공짜의 배후에는 숨겨진 거래가 도사리고 있을 것이다. 표면에 꿀을 발라 놓듯이 공짜라는 말로 포장하여 허영을 겨냥한 덫이 있을 것이다.

친절에 속아서 낭패당하듯이 너무 값이 헐한 것은 바른 것이 아니다. 그것은 임시의 것이고 연습의 것이다. 영혼이 없는 것이고 가짜이다.

대가를 바라지 않은 공짜도 있고, 비싼 것에 뒤지지 않는 알짜도 있다고 말하는 사람도 있다. 그럴 수도 있을 것이다. 혹시 가뭄에 콩 나듯이, 밥에 뉘 섞이듯 있기는 할 것이다. 그러나 왜 그런 것을 찾으려고 하는가? 당신의 삶에 가뭄에 콩 나듯이 하는, 혹은 밥에 뉘 섞이듯이 눈을 씻고 봐야 겨우 보일 둥 말 둥 한 그런 희귀한 일이 따라다니기를 바라는가?

막바지에 선 것처럼 특별한 혜택을 입으려고 갈구하지 말고 그냥 보통의 삶을 좇아가는 것이 좋다. 혹시 공짜가 생길지라도 공짜의 수명이 그리 길지 않을 것이다. 당신은 정말로 공짜를 얻었을 때, 공짜로 생긴 것이기 때문에 그것을 아무렇게나 함부로 다룰 것이다. '공짜니까', '공짜야'라 하면서, 마치 그런 공짜가 앞으로도 얼마든지 또 있을 것이며, 도처에 있을 것처럼 생각하여 대수롭지 않게 대할 것이다. 여기에 함정이 있다.

내가 노력에 노력을 다하여 얻은 것, 오래 기다리고 정성을 다하고 땀을 흘려 얻은 것, 거기 시간을 들이고 수고하여 받은 것, 그것만이 확실한 내 것이다. 내가 그렇게 만만해 뵈는가? 요즘은 걸핏하면 당첨되었다는 소식이 온다. 외국에서도 Congratulation! 설레는 말을 앞세워 꽃가루가 쏟아지는 편지를 보낸다. 까닭 없이 돈을 얻었다면 그것은 무서운 꼬투리를 잡아당긴 것, 나는 머지않아 왕창 털릴 것이니, 공짜가 무서워 도망치듯 삭제해버린다. 누가 생면부지의 나를 왜 무엇 때문에 걱정하겠는가?

횡재가 무섭다. 공짜가 싫다. 속고 싶지 않다.

랍비, 그리운 당신

나는 평생을 '선생'이라는 직업을 가지고 살았다. 다시 태어난다 해도 선생이라는 자리에서 살고 싶다. 학교에서 일하는 선생이라는 자리 외에 내게 더 적절한 직업은 없을 줄알았다. 직업이란 일정한 보수를 받고 하는 일인데 선생님을 보수와 연결한다면 좀 어색하지 않을까? 선생님이라는말은 직업에 어울리지 않는 말이다.

내가 선생이 되었을 때는 서무실로 가서 월급봉투를 받던시절이었다. 나는 학생들이 없을 때를 골라 가느라 여러 번서무실 근처를 살펴보곤 했었다. 물론 돈을 세어본 적도 없었고 호봉을 따져본 적도 없었다. 교단에 서 있는 사람이 월급을 운운하는 것은 맞지 않는 것 같았다.

교육이라는 말은 보수와 연결할 수 있는 말이고 교육자라는 말도 그렇다. 선생님이라는 말이 교육자를 이르는 말인데도 교육자라고 했을 때와 선생님이라고 했을 때의 느낌이 다르다. 교육자라는 말은 선생님을 한데 뭉뚱그린 말로 추상성을 띠고, 선생님이라는 말은 교단 위에서 학생을 가르치는 사람으로 구체성을 가진다.

선생님은 또 스승이라는 말과도 차이를 보인다. 이 시대를 "선생은 있어도 스승은 없는 시대"라는 말로 비유하기도 한다. 스승은 지식만이 아닌 정신적인 의지처, 존경과 사랑을 느낄 수 있는 큰 선생님을 이를 것이다.

성경에는 랍비라는 말도 있고 사사士師라는 말도 있다. 둘다 진리의 판관이고 명확하지 않은 것을 명확하게 정의하는 지도자란 의미가 있다. 나는 랍비라는 말이 참 좋다. 랍비는 무엇보다도 지혜로운 사람으로 여러 사람 중에서 우뚝 솟은 가치관을 가진 사람, 신의가 있는 사람, 그 마음에 충족을 느낄 수 있는 사람이어야 한다고 했다.

교육적인 양심과 투철한 철학을 가진, 인격적으로 존경받을 만한 선생님이어야 한다는 말일 것이다. 랍비라는 말은 우리말로 스승이나 선생님이라는 말이 될 것이다. 랍비, 스승, 선생님, 교육자 이 말들이 조금씩 차이가 있다고 해도 그 역할은 다르지 않다. 그래도 이들 중 무엇에 가장 가까웠을까 나는. 오랫동안 '선생님'이라고 불리는 자리에 있었지만 합당한 보수를 받고 넘치는 대우를 받은 나는 무엇이었을까? 나는 랍비도 아니고 스승도 아니구나. 선생님이라는 이름도 과분한 나는 그냥 어정쩡한 교육자였는가. 그래도 나는 내 후생에도 학생들을 마주 보는 선생님이었으면 좋겠다.

꽃들에게
미안하다

아침에 눈을 뜨면 제일 먼저 베란다에 나가 그들이 얼마나 자랐나 들여다본다.

한 달 전쯤에. H 시인에게서 오이 모종 세 그루와, 파프리카 다섯 그루를 받아왔다. 아직 어려서 길이가 3센티가 될까 말까 하던 것이 이제는 좀 자라서 큰 화분으로 옮겼다.

오이 모종은 잘 자란다. 장마에 물외 크듯 한다더니 말 그대로 물만 먹고 크는 식물인가 보다. 그런데 파프리카는 좀 더디다. H 시인은 집 근처에 밭도 있고 농사짓는 솜씨와 기술이 좋아서 해마다 각종 채소를 많이 기른다. 작년에도 상추며 고구마며 가지며 내게 많이 따다 주었다.

　H 시인이 준다기에 덥석 받아오긴 했는데 잘 기를 수 있을까 속으로 은근히 걱정이다. 어쩌다가 마음이 뜨거워져서 애를 입양해 놓고 뒷감당을 못 하는 양부모의 마음이 이와 비슷할 것 같다. 넓은 밭에서 자유롭게 양분을 먹고 자라는 것도 아니고 갇힌 화분 안에서 얼마나 불편하겠는가? 그래도 하는 데까지는 잘 길러보기로 했다.

　오이가 넝쿨을 잘 뻗어 오를 수 있게 하려면 막대를 꽂거나 줄을 늘여 줘야 하는데. 못을 박을 장소도 마땅치 않아서 둘러보기만 하다가 쓰지 않는 빨래 건조대 하나를 펼쳐서 오이 넝쿨 전용으로 하려고 내놓았다. 건조대 위에 얼기설기 비닐 끈을 늘여놓았더니 벌써 밤인데도 촉각으로 알아차리고 넝쿨손을 감아올릴 채비를 하고 있었다.

　그런데 꽃가루를 어떻게 옮겨서 수정하게 해야 하나. 베란다 문을 항상 열어놓을 수도 없고 열어놓아도 아파트 7층까지 벌이나 나비가 찾아오기도 어려울 것이다.

　"꽃가루를 손으로 옮겨주면 되지요."

　H 시인은 많이 해본 선수처럼 말했다.

　"아—아— 붓으로 해주면 되겠네요."

　그는 고개를 끄덕이며 웃었다. 인공수정이란 말을 떠올리니 쓸쓸했다. 꽃들이 신통치 않은 벼나 보리 옥수수 같은 것이야 바람이 꽃가루를 날라다 주지만, 오이꽃에는 벌 나비가 찾아올 텐데, 멀쩡하게 예쁘고 애잔한 꽃인데 내 손으로 꽃가루를 옮겨주다니. 중매쟁이도 아니고 뭐라고 해야 하나. 아무튼 나는 올여름 오이꽃이며 파프리카꽃의 인공수정을 해줘야 한다. 그를 위해서가 아니라 나를 위해서 순리를 거스르는 무법자처럼 말이다. 꽃들에게 미안하다.

4부

스무 살만 되면 연애를 시작하리

뉴스 시간에 아나운서는 '삼포 족'에 대하여 언급하였다. 〈삼포로 가는 길〉이라는 노래가 있는 것은 알아도 "삼포 족"이라는 말은 처음 들었다. 그런데, 그 뜻 또한 마음을 아주 삭막하게 하였다. 삼포 족이란 인생의 세 가지를 포기하는 족속三抛族이란다. 즉 연애를 포기하고, 결혼을 포기하고, 출산을 포기한 사람들.

요즘 젊은이들 가운데 삼포 족이 많은데 이것은 삼포 족인 그들에게만 국한된 문제가 아니라 민족의 미래와 인류의 문제로까지 파급될 만한 심각한 일이다. 앞길이 구만리 같은 젊은이들이 살아 보지도 않고 어째서 미리 인생의 가장 중요한 일들을 포기하려는가? 삼포는 겉으로 세 가지로 보이지만 모두 하나로 연결되어 있다. 그리고 이들 삼포의 뿌리는 돈과 결부되어 있다.

연애하면 결혼이란 말이 나올 것이고 결혼하면 아이를 몇이나 언제 둘 것인가 생각해야 할 테니 처음부터 가능성을 아예 차단하자는 발상인 것 같다. 삼포하는 젊은이들이 많은 세상에 활기가 있을까, 삼포하고도 삶의 의미가 있을까, 삼포의 종착은 어디일까,

연애하고 결혼하고 아이를 낳는데 시간과 마음을 빼앗기지 않는다면 빼앗기지 않은 그것으로 무슨 일을 하려는가? 삼포한다고 부자가 될 수 있는가? 부자가 된다 해도 연애가 주는 행복과 바꿀 수 있는가, 삼포한다고 목표를 이루어 풍요로운 인생을 누릴 수 있는가? 설령 그럴 수 있다고 해도 안정된 결혼생활이 주는 삶과 바꿀 수 있는가? 삼포하여 모은 돈으로 무슨 일을 할 것인가. 설령 하고 싶은 일을 할 수 있다 하더라도 내 아이를 낳고 기르는 그 뿌듯한 보람에 비할 수 있는가.

나는 스무 살만 되면 연애를 하리라 결심했었다. 결심대로 스무 살에 연애 비슷한 걸 했었다. 비록 그것이 성공하지

는 않았지만 그 생각은 내 인생을 결정하는 데에 한몫했을 것이다. 젊었을 적의 사랑은 필수적이다. 그 때문에 절망하고 그 때문에 포기하고 그 때문에 울었을지라도. 그 절망, 그 포기, 그 눈물은 한평생을 살게 하는 밑거름이 되었다.

삼포는 삼포 그것으로 끝나지 않는다. 국가와 민족과 역사로까지 파급된다. 연애하지 않으니 결혼도 늦어질 것이다. 결혼이 늦어지면 아이 낳는 일도 활발하지 않을 것이다. 아이를 낳지 않으니 국민은 줄어들 것이고 드디어 나라가 없어질 날도 머지않다. 혼자 태어나서 혼자 살다가 혼자 가는 삶. 거기 무슨 의미가 삽입될 수 있을까. 삶이라는 과정이 너무 적막하지 않은가?

법대로 합시다

"법이 없어도 살 사람이야." 이런 말을 들을 수 있으면 선량하고 반듯한 사람일 것이다. 그러나 글자 그대로 '법이 없는 사람'인 "무법자無法者"는 종횡무진 상식과 질서를 무시하는 사람이다. 옛날 서부활극에서 '황야의 무법자'는 법을 능가하여 제 마음대로 행동하는 자였다. 그러므로 선량하고 반듯한 사람일수록 법이 있어야 하고 법의 보호를 받아야만 살 수 있다. 걸핏하면 "법대로 합시다!" 서슬이 퍼렇게 외치는 사람이 있다. 내가 법을 어기지 않았는데도 상대방이 법대로 하자고 큰소리를 치면 공연히 움찔하며 긴장하게 된다.

우리는 매사를 법의 잣대로만 처리하지 않았다. 서로의 이해와 분별로 판단하고 양심으로 결정했다. 법대로만 결정하고 나면 어딘지 개운하지 않고, 아무리 제대로 판결이 나도 뒷맛이 찜찜하다. 인간과 인간 사이에는 법 이상의 인정과 도리라는 것이 있기 때문이다.

해마다 소송사건이 늘어난다고 한다. 형제간에는 말할 것도 없고 심지어 할아버지와 손자 간에 원고와 피고의 관계로 법정에 서 있는 세상이다. 걸핏하면 법대로 하자고 주장하는 사람은 아마 법을 제법 알고 있을 것이고, 법을 좀 아는 사람들은 그 법을 교묘하게 활용하여 요리조리 법망을 피해서 얻을 것을 얻으면서 살아갈 것이다. 오히려 법을 모르면서 알 필요도 느끼지 않는 사람들이 순진한 사람들이다. 그들은 법을 몰라도 상식과 인정으로 처리하면 되니까 구태여 알려고도 하지 않았을 것이다.

오래전에 집을 지은 일이 있는데 바로 옆집에서 우리를 고소하려고 했다. 나중에 알고 보니 우리 울타리가 자기 집 땅을 먹어들어갔다는 것이었다. 그런 의심이 생기면 고소를 서두르기 전에 당사자인 우리와 한 번이라도 의논할 일이지, 말 한마디 없이 대뜸 고소부터 하려고 했던 사람. 우리는 그 사람이 무섭게 보였다. 몇 년을 이웃해서 살면서도 그 생각을 하면 섬뜩했다.

　우리는 전혀 모르고 있다가 누가 귀띔을 해주어서야 다시 측량했지만 아무런 잘못이 없어서 순조롭게 진행할 수 있었다. 한 치라도 잘못이 있었다면 귀찮고 시끄러워질 뻔했다. 법도 사람이 만든 것인데 '법대로 합시다'라고 걸핏하면 법을 들고 나서는 사람들. 그래도 법 때문에 약한 자가 보호받으며 살아갈 수 있고, 법이 있어서 무작정 큰소리치는 사람을 진정시킬 수도 있으니 법은 반드시 있어야 할 것이다.

시작은 반(半)인가?

"시작이 반"이라는 말은 맞는 말인가. 남들에게는 맞는지 몰라도 내게는 그렇지 않다. 시작만 해놓고 끝을 보지 못한 일들이 창피할 만큼 많다. 비장한 각오로 시작했지만, 그 절반에도 미치기 전에 작파해버린 일들이 한둘이 아니다. 나를 잘 모르는 사람들은 의지가 강하다느니, 마음만 먹으면 끝장을 보고 만다느니 칭찬처럼 말하지만, 천만의 말씀이고 모르는 말씀이다.

서예를 시작했었다. 동양화는 필력이 중요할 텐데 서예를 기초부터 다진 사람과 그냥 그림으로 뛰어든 사람은 다를 것이라는 생각에서였다. 붓이며 벼루며 화선지를 부지런히 사들였다. 그런데 서예 선생님은 가로세로 줄 긋는 걸 오래 반복시키더니 차츰 재미가 떨어질 무렵에야 이제는 됐다면서 길 영永자를 쓰게 하였다. 그날 서예 강습실에서 돌아오는 길에 과속으로 달려오는 트럭이 내 차를 덮치는 줄 알았다. 뒤의 트럭과 내 차의 간격은 겨우 1센티가 될까 말까 했다. 혼비백산하여 돌아온 후 허리도 아프고 등도 결려서 오래 고생했다. 서예라고 하면 길 영자가 생각나고 달려들던 트럭이 생각난다.

운동 중에서 수영만 한 것이 없다기에 열심히 배울 생각으로 수영복과 그에 따른 일습을 색깔을 맞추어서 장만했다. 수영을 배우려고 갔는지 수영복을 색 맞추어 갈아입는 재미로 갔는지 모르겠다. 그런데 물에 떠 올라도 여전히 무섭기만 했다. 오래 계속하니 배영도 하게 되고 접영도 하게 되었지만 나는 수영이 즐겁지 않았다. 물은 물이고 나는 나, 친해지지 않고 여전히 무서웠다. 수영장에 소독약을 많이 탄다는 말을 듣고 그걸 핑계 삼아 그만뒀다.

요가를 시작했다. 쭉쭉 뻗은 몸을 가볍게 접는 사람들이 신기했다. 그들을 따라잡기가 쉬운 일이 아니었다. 잘한다는 말을 들으려고 열심히 했더니 엄청 유연하다고 칭찬했다. 그러나 무리했는지 병원에 갔더니 골절이라고 하였다. 요대腰帶를 매고 몇 달 누워 지내다가 결국은 요가와도 작별하고야 말았다.

다시 스포츠댄스를 시작하였다. 재미가 있어서 제법 오래 계속했지만, 파트너인 남편이 마치 군사 훈련을 받는 것처럼 뻣뻣하게 움직여서 부끄러웠다. 우리는 집으로 돌아오는 길에 서로 당신이 잘못했느니 어쨌느니 우겼다.

만일 그의 동작이 나긋나긋 선수 같았다면 그걸 더 흉이라고 트집을 잡았을 거다. 결국은 그것도 끝내고 말았던 것은 과정의 즐거움을 간과했기 때문이다. 50년 넘게 시를 쓰고 그림까지 그리고 있다는 것은 기적이다. 아마도 천생연분인가 보다.

꿈꾸던 대로

  어제 서울 S 여고의 제자들과 만났다. S 여고는 서울의 공립 여자고등학교 중 유일한 실업학교였다. 상업과, 공예과, 가정과가 있었는데 학생들은 하나같이 우수하여 수업하기가 즐거웠다. 내가 거기 있었던 것은 1976년부터 5년 동안이었는데 그때는 먹고 살기가 어려운 시절이었다. 아들도 아닌 딸을 대학까지 보낼 것 있느냐, 대학에 보내지 않을 바에야 실업학교를 나와 취직하는 게 좋다는 생각이 일반적이어서 여기에 토를 다는 게 오히려 이상했을 것이다.

  그러나 정작 학생 중에는 인문 고등학교에 가지 못한 것을 불행으로 여기고 자포자기하는 학생들도 있었다. 어제 만난 졸업생들이 바로 그런 학생들이었다. 모두 상업과 졸업생인데 그들은 필수과목인 주산이나 부기, 타자 같은 과목을 건성으로 넘기고 현실과는 동떨어진 엉뚱한 꿈을 꾸었다. 가끔 자기들의 꿈에 물을 부어주는 선생이 있어서 숨통이 트였는데 내가 바로 그런 선생이었다고 했다.

지금 그들은 제힘으로 대학을 졸업하고 대학원을 졸업하고 고등학교에서 공부한 것과는 전혀 다른 분야에서 성공하였다. 한 사람은 시인이며 평론가가 되었고, 한 사람은 서양화가로 열여섯 번의 개인전을 하고 각종 대회에서 큰상을 여러 번 받은 중견 화가가 되었다. 그리고 다른 한 사람은 이름 있는 수필가로서 문예지의 편집장이 되어 있다.

고등학교 시절 현실은 너무나도 삭막하여 앞길이 보이지 않았지만 단 한 순간도 꿈에서 멀리 떠나본 적은 없었다고, 맨손으로 헤쳐나오는 길은 외롭고 냉혹했지만 반복하여 두드리고 부르짖었다고. 그들은 이제 웃으면서 떠들었다. 참으로 진지하고도 눈물겨운 자리였다. 그중 한 사람은 내가 수정해 주었다는 시 원고가 든 옛날의 노트를 가지고 나왔었다.

"저는 수업료를 내지 못해서 복도에 꿇어앉아 벌을 설 때가 제일 죽고 싶었어요."

"처음에는 야간 미술대학에 입학했어요. 낮에는 은행에서 일하고 저녁에는 정신없이 학교로 달렸어요. 정말 열심히 했어요."

"하고 싶은 일을 하지만 시간이 너무 빨리 지나가요.

전문 분야의 현장에서 우연히 만나 통하게 된 선후배들이었다. 오늘 그 자리에 나를 불러주어서 고마웠다. 아니 그보다도 잘 견뎌주어서 고마웠다, 절망을 이기고 꿈을 이뤄서 고마웠다.

그 나이에 포기는 없다

비는 추적추적 오고, 찻집 〈섬〉은 문이 잠겨 있었다. 주차장에 차를 세우고 우리는 제각기 우산을 펼쳐 들고 동네 안길을 천천히 걸었다. 꼬불꼬불한 골목은 좀체 끝날 것 같지 않았다. 우리는 찻집이 왜 문을 잠갔는지 아무도 의문을 제기하지 않았다. 속으로는 비슷한 생각을 했을 것이다.—이런 시골에 무슨 찻집이 되겠어. 드라마 허균을 촬영한 장소라고 하도 떠드니까, 탤런트에 약하고 매스컴에 약한 관광객들이 가끔 들러서 차 몇 잔 사 마셨겠지.—

우리는 찻집 문을 닫아건 것은 차라리 잘한 일이라고 생각하였는지도 모른다. 빗줄기가 세어져서 골목을 더 걸을 수 없었다. 차를 돌려 큰길로 나오는데 빗속을 달리는 청년들을 만났다.

"스물한 살에 포기는 없다"

그들은 포기하지 않겠노라는 표어를 가슴에 붙이고 뛰었다. 스스로 의지를 시험해 보자고 국토를 종단하고 있을까? '스물한 살에 포기는 없다'라는 말이 틀린 것은 아니다. 그러나 지나치게 당연하여 말할 필요도 없다. 스물한 살에 왜, 무엇 때문에 포기하겠는가? 미쳤다고 포기를 하겠는가? 혹시 그대들이 지금 포기하고 싶은 유혹에 붙잡혀 있는 것은 아닌가?' 나는 그들의 말에 트집을 걸었다. 나는 그 말은 반드시 고쳐 말해야 한다고 생각했다. '스물한 살, 내게 두려움이 있으랴'라고, 절망도 없고 불가능도 나를 비켜간다고, 산도 바다도 나를 막지 못한다고.

비록 "포기는 없다"고 말했지만 스물한 살이라는 나이에 포기라는 말을 덧붙였다는 것 자체가 '스물한 살' 나이에 대한 불경이요 모독이라는 생각이 들었다. 빗줄기는 점점 세어지고 골짜기마다 물안개가 자욱했다. 사방이 질컥거리고 축축하고 차갑고 끈적거리는 느낌이었다.

스물한 살, 나는 그 나이에 어디에 있었는가 무엇을 했었는가? 너무나도 선연하게 한 장소가 떠올랐다. 나는 을지로의 한 건축자재도매상에서 가정교사 면접을 보고 있었다. 적수공권으로 어렵게 일가를 이룬 사장 부부는 자식을 대학에 보내는 게 유일한 꿈이었다. 다 좋은데 여학생이 어떻게 거친 자기 아들을 다룰지 걱정이라고 하였다.

지금도 을지로를 지날 때면 그 집이 있었던 장소를 둘러본다. 그러나 좀 거칠기는 했어도 하라는 대로 잘 따르다가 대학생이 된 한 소년을 떠올렸다. 절망할 수 없는, 절대로 절망해서는 안 되는 스물한 살 때였다.

버릴 것을
버리는가

집 안 구석구석을 채우고 있는 것들. 그중에는 몇 년씩 공간만 차지하고 있는 것들도 있다. 수십 년 전의 가계부, 메모장, 일기장, 육아일기. 이런 것들을 나는 언제 쓰려고 꾹꾹 눌러두고 있는지 모르겠다. 이런 것들은 남에게도 줄 수 없는 것이다. 그러나 책과 옷과 신발들은 더 읽지도 않고 입지도 신지도 않으면서 그대로 두고 본다. 그릇도 마찬가지다.

남에게 주더라도 필요할 때 주어야 한다. 어제는 오래 입지 않는 한복들을 버렸다. 그중에는 수십 년 된 옷도 있지만, 계절과 날씨에 따라 입었으니까 날짜로 치면 며칠 입지 않은 새 옷도 있다. 아파트 뒤뜰에 있는 재활용 함에 집어넣으면서 나는 문득 그들에게 미안했다.

"잘 가거라, 내 젊은 날의 추억. 너희들이 내 영광에 동참하였고, 나를 빛나게 했음을 잊지 않으마. 미안하다."라고 생각지도 않았던 말이 튀어나왔다. 그리고 누구에겐가 나와 치수가 맞는 사람의 눈에 띄어 잘 쓰임 받게 되기를 바랐다.

한복이란 대체로 무슨 행사가 있을 때 입는다. 상을 받을 때, 출판기념회나 색다른 행사가 있을 때, 그중에는 좀 아까운 것도 있었지만 아깝다 싶을 때 내놓아야 다른 사람들이 쓸 수 있을 것이다. 나는 한복을 좋아해서 학생 시절에도 자주 한복을 입고 등교했었다. 치마는 무릎과 발목 중간쯤 되는 통치마에 저고리는 동정을 깨끗하게 갈아 달아 언제나 새것 같았다. 한복을 즐겨 입은 덕분에 교수님들이 나를 특별한 학생으로 주목하셨던 것 같다.

하루는 학생처장이 나를 불러서 국제펜클럽한국본부에 아르바이트 자리를 주선해 주신 적도 있다. 문예창작과 학생들이 가고 싶어 하던 곳이었다. 선생님은 나를 곁에 세워두고 전화를 거셨다.

"네. 물론입니다. 아주 좋은 학생입니다. 걱정하지 마십시오. 제가 책임지겠습니다."

책임은 아마 내가 입고 있는 한복이 져야 했을 것이다. 재직시절에도 선생이 된 후에도 물론 한복을 일상복처럼 즐겨 입었다. 학생 중에는 지금도 내가 강의한 수업 내용보다 내가 입었던 한복의 색깔을 더 잘 기억할 것이다. "지금도 그 옷 입으세요? 자주색 저고리에 까만 비로드 치마?" 묻는 걸 들으면서 앞으로 얼마나 더 입게 될는지 생각한다. 혹시 버릴 것은 버리지 못하면서 버려서는 안 될 것을 버리고 있는지도 모르겠다.

부자가 되고 싶으세요?

　택시는 요즘 새로 조성된 신시가지로 접어들었다. 전에는 아무것도 들어서지 않고 빈 땅으로 있었는데 그럴싸한 건물들이 우뚝우뚝 들어서 있어서 다른 곳에 온 듯 낯설었다. 택시 기사가 무엇이라고 중얼거렸다. 나에게 하는 말인 줄 알고 나는 몸을 잔뜩 앞으로 굽혔다. 눈치를 챈 기사가 아까 했던 그 말을 크게 다시 되풀이했다.

　"몇백억 부자 되는 일이 아주 쉽다고 했어요."

　택시는 지상 10층쯤 되어 보이는 빌딩 옆을 막 지나가는 중이었다. 1층 점포 앞에서는 색색 풍선을 든 처녀들이 점포를 선전하는 춤을 추고 있었다.

"저 빌딩이 친구 것인데요. IMF 때 싸게 넘기는 땅을 거의 공짜로 샀거든요. 요새 빚을 좀 내서 빌딩을 올렸어요. 올리고 보니 저렇게 근사하잖아요. 아마 몇백억은 훌쩍 넘을 것입니다, 빚이야 곧 갚게 되겠지요. 사람 팔자 알 수 없어요."

그는 친구가 한없이 부러운 모양이었다. 그리고 겨우 택시 기사나 하는 자기의 처지가 무척 초라하고 한심스러운 듯이 땅이 꺼지라고 한숨을 쉬었다.

"몇백억을 가진 부자가 되고 싶으세요? 몇백억짜리 근심도 함께 짊어져야 하는데 그래도 괜찮겠어요."

나는 마치 내가 몇백억 부자가 되어 보기라도 한 사람처럼, 혹은 그가 원하면 그렇게 만들어 줄 수도 있는 사람처럼. 물었다. 그는 내 말에 피식 웃었다. 그러나 내 말에 동의한다는 의미가 들어있는 웃음이었다.

"하나를 가지면 하나를 잃습니다. 완전한 만족은 없어요."

"그 말씀은 맞는 것 같아요. 손해를 봤구나, 생각했는데 나중에 보면 꼭 채워져 있더라고요."

"예, 그렇습니다. 욕심에는 끝이 없습니다."

나는 언제부터 이렇게 도사가 되었을까. 제 일은 하지 못하면서 설교는 잘하네. 속으로는 내가 우스웠다. 그러나 기사는 내 말에 다소 위로를 받은 것 같았다.

"그런데 이빨이 아파서 요즘 죽을 맛이에요.",

"이빨이야 치료하면 되죠. 그게 무슨 중병인가요?"

기사는 염치가 없는 듯이 다시 웃었다. 그러나 치통이 심한지 얼굴을 자주 찡그렸다. 택시에서 내리며 문을 닫는데 그가 내 쪽을 향해 소리를 질렀다.

"오늘 좋은 말씀 감사합니다."

모자라지 않게, 넘치지도 않게

　지난주에는 베란다의 화분에 물을 주는 일도 잊어버리고 집을 비우고 적지에 있었다. 닷새나 밖에서 지내는 동안 내내 마음이 편치 않았다. 베란다를 넓게 쓰려고 시들시들한 것들은 정리해 버리고 단 몇 개밖에 남지 않았는데 그들조차 내 부주의로 말라 죽이겠구나 생각하니 애가 탔다.

　집에 돌아오자마자 베란다로 달려가 화분부터 살폈다. 그런데 이상하였다. 제라늄의 줄기가 물을 꼬박꼬박 줄 때보다도 오히려 더 실팍해져 있는 게 아닌가. 물을 꼬박꼬박 줄 때는 가늘고 연한 줄기가 힘없이 길게 늘어져 있었다. 그런데 지금은 더 통통해지고 꼿꼿해지고 잎사귀들의 색깔도 진한 녹색으로 건강해 보였다. 꽃 빛깔도 더 선명했다.

"그동안 내가 너무 많은 물을 준 것인가?"

화분을 잘 돌본답시고 바지런을 떨었던 게 오히려 잘못된 것이었나 보다. 사람이나 식물이나 동물이나 너무 자주 돌보아서 그들을 무력하게 하는 경우가 적지 않다. 과도하게 보살피면 자생력을 잃게 하고 적자생존이라는 자연의 법을 좇아 투쟁하는 힘까지 앗아버릴 수가 있나 보다. 습지에서 잎을 피우는 풀들은 콩나물처럼 가냘프고 연하게 자라지만 양지쪽 뙤약볕 아래 살아가는 풀잎은 두꺼운 피부의 단단한 풀로 일사량에 정면으로 대항하면서 견딘다. 물론 천성이 약하여 잘 돌보지 않으면 금세 시들시들해지는 것들도 있기는 하지만 제라늄처럼 씩씩한 식물은 앞으로도 그 강인한 천성과 기질을 충분히 발휘하도록 해야 할까 보다.

귀하게 자란 요즘 아이들은 걸핏하면 감기에 걸린다. 한 번도 바람이나 추위 앞에 내세워져 본 적이 없기 때문일 것이다. 악천후 속에서 살아가는 생명들은 사람이나 동식물이나 가릴 것 없이 모두 강하다. 염천의 사막에서는 수분을 저장하여 견디고 한랭에 노출된 식물들은 두꺼운 피부의 잎과 섬모를 가지고 있다.

흙바닥에서 뒹굴며 자란 애들은 어지간해서 병에 걸리지 않는다. 날마다 잡균과 맞서서 투쟁하여 극복하는 생활이기 때문이다. 오냐오냐 감싸서 기른 자식들은 사시사철 병을 달고 산다. 어미들이 잘못 기른 것이다. 새끼들을 벼랑에서 떨어뜨려 스스로 날 수 있게 가르치는 어미 독수리의 모성애가 사람의 그것보다 훨씬 더 현명하다는 것을 확인한다. 보살핌, 사랑, 관심이 늘 좋기만 한 것은 아니다. 무엇에나 한계가 있다.

목련처럼

서 있겠습니다

"금요일 오전 12시 30분 교수님네 아파트에서 목련처럼 서 있겠습니다."

휴대전화 문자로 이런 글을 보내다니, 다른 사람들과 이야기를 나누다가 나는 그 문자를 소리 내어 읽었다. 정확한 시간과 장소를 지정하고 어떻게 무엇처럼 기다릴 것인가 구체적 사물의 이름까지 밝혀 적은 메시지를. 듣고 있던 사람들이 "어머, 그 사람 시인인가 봐요. 시인이지요?"라고 물었다.

그렇다, 그는 시인이다. 그러나 아무리 시인이라도 그렇지, 아무 시인이나 스마트폰 문자에서까지 이런 문장을 써 보내지는 않는다. 그가 목련처럼 서서 기다리겠다는 아파트 입구에 목련 나무가 서 있던가? 어디에 서 있더라? 정작 아파트 주민인 나는 목련 나무가 서 있을 위치를 확실히 몰랐다. 목련 나무가 있더라도 오늘이 수요일이니까 금요일인 모레까지 꽃이 지지 않고 피어 있을까? 그러나 '목련이랑 함께' 기다린다고 하지 않고 '목련처럼 서 있겠다고 했으니까 목련이 모두 져버린다고 해도, 아니 목련 나무가 거기 서 있지 않더라도 그가 '목련처럼' 대신 거기 서 있으면 되는 것이겠지.

문자를 보낸 시인은 전혀 심각하지 않은 마음으로 아파트 입구의 목련과는 무관하게 시 구절을 연상하는 표현을 적어 보냈는지도 모른다. 그것 때문에 우리가 이렇게 시끄럽다는 것도 모를 것이다. 그는 매우 유머러스하다. 그에게는 공부를 매우 잘하는 아들이 있는데 그 아들은 수능점수로나 학교 성적으로나 무엇으로 보아도 대학 시험에 실패할 이유가 없는데 실패하였다. 거듭 실패하자 군대부터 먼저 가려고 지원했는데 무슨 이유인지는 몰라도 군대에도 가지 못하게 되었다. 그러자 시인은 아주 평온한 얼굴로 말했다.

"우리 애는 군대도 안 될 줄 알았어요. '군대'라는 말에도

'대'자가 붙어 있잖아요. 대학의 '대'자가 아이를 피하는 것처럼 '군대'의 '대'자도 피하는 거예요." 하였다. 그런데 군대에 가지 못하게 되던 해 드디어 원하던 대학에 입학했다는 말을 들었다. 그러자 시인이 말했다. "진작 군대부터 지원할 걸 그랬어. 순서가 그렇다는 걸 몰랐었네."

모레 그를 만나기로 했으므로 나는 일부러 아파트 입구로 가서 목련 나무 근처를 둘러보았다. 그가 서 있을 만한 자리가 있었다. 목련은 금요일 낮 12시, 시인과의 공연을 위해서 싱싱한 꽃잎을 떨어뜨리지 않고 기다리고 있을 것이다.

친구의 친구네 농장

어렸을 적 내 희망 중에는 농장을 가지고 싶다는 것도 있었다. 나는 정말로 농장을 원했을까? 혹시 농장을 둘러싼 아름다운 자연 풍광을 원했던 것은 아닐까? 농사가 무엇인지도 모르면서 농장 가지기를 소원한 것은 순전히 어렸을 적에 있을 수 있는 맹목적 낭만이었을 것이다. 영화나 그림에서 볼 수 있는 푸른 하늘과 하얀 양 떼, 건초더미와 풍성한 가을 열매, 이런 영상에 대한 막연한 동경이거나 흙에 대한 원초적 그리움이었을 것이다.

어제 친구를 따라서 그의 친구네 농장에 갔었다. 오가피

나무, 때죽나무, 느티나무, 뽕나무들이 울타리처럼 둘러 있었다. 오천몇백 평이라는 농장은 풀에 갇혀 있었다. 아무리 뽑아도 돌아서면 언제 그랬느냐는 듯이 수북하다고 했다. 어쩔 수 없이 고추밭에 제초제를 쓰는데 여전히 벌레들이 고추를 갉아 먹는다고, 돈이 좀 되는 것은 고추밖에 없는데~ 한탄하였다.

우리는 나무 그늘 평상에서 그가 쪄낸 옥수수를 먹었다. 숨을 쉴 때마다 그윽한 풀 향기가 내장을 씻어내었다. 바람이 이따금 옥수숫대를 흔들면서 지나가면, 우리는 전원에 와 있다는 걸 확인하면서 감격하였다. 그러나 모기들이 달려들어 양말 위로 발등을 물었고, 말벌이 계속 우리 주위를 맴돌았다. 농장 친구는, 말벌은 끝장을 본 후에야 떨어진다고 경고하였다. 끝장을 본다니 무슨 말인가 궁금해도 묻지 않았다. 별로 기분이 좋은 말은 아닐 것이다. 친구는 친구보다 두 살 아래라는데 친구보다 열 살은 더 들어 뵈었다. 햇볕에 그을고 바람에 익고 일에 시달려서 그렇겠지. 자외선 차단제 등 몇 가지 화장품을 선물이랍시고 내놓으면서 우리는 자꾸 부끄러웠다.

'이 고추 익은 것 좀 봐, 와! 뽕나무가 이렇게 많으니 오디 익을 때 좋겠네.' 우리가 큰 소리로 떠들어도 그는 아무런 반응도 보이지 않았다. 자기가 지금 하고 있는 일은 할 짓이 아니라는 듯, 어쩔 수 없이 붙들고 있지만 버리고 싶은 마음이 굴뚝같다는 듯, 그것은 속 모르는 도시 사람의 헛소리라는 듯 들은 척도 하지 않았다.

누가 지금 내게 농장을 공짜로 안겨 줘도 해낼 마음도 자신도 없다. 어릴 적 꿈은 지나가 버린 꿈이다. 저녁나절 집으로 돌아올 때 친구는 멀찌감치서 우리를 향해 손을 흔들었다. 그에게 침입하여 부질없는 도회의 바람만 일으키고 가면서 우리는 차 안에서 자꾸만 미안하였다.

그는 왜 위대한가

영화〈위대한 개츠비〉를 보고 나오면서 그가 왜 위대한가를 생각해보았다. 소설이건 영화건 제목은 편의상 지을 수도 있는데, 왜냐고 캐묻다니. 개츠비가 위대하여서 〈위대한 개츠비〉라고 한 것은 아닐 것이다. 그 영화는 전에도 한 번 보았는데 오늘 다시 보고 싶었던 것은, 믿을 수 없을 만큼 깡그리 잊어버렸는데도 여운이 그리 나쁘지 않았기 때문이다.

출연 배우도 이야기를 풀어가는 방식도 달라서 사뭇 낯설었다. 전에는 개츠비의 캐릭터가 갱이나 마피아단의 두목처럼 보였었다. 그래서 전체적인 흐름이 어둡고 무거워 영화관을 나오면서 개츠비에게 위압감 같은 것을 느꼈었다.

그런데 이번에는 위압감과 전혀 다른 연민이다. 개츠비의 역할이 달라진 것이 아니라, 내가 달라진 것이다. 아마 성숙해졌다는 말이겠지. 개츠비를 달래어 가라앉히고 싶은 모성본능이란 말인지, 이제는 여간한 일에 놀라지도 않는 전환점으로 접어들었다는 말인지.

나는 예전부터 빗나간 애정 영화를 보면 마음이 편치 않았다. 〈닥터 지바고〉에서도 지바고가 라라와 사랑에 빠지는 장면이 나를 불편하게 하였다. 그들의 관계를 나는 사랑이 아닌 야합이라고 생각했다. 그런 점은 문학적 감수성이 아니라 단연코 도덕적 감수성이다.

가난한 농부의 아들 개츠비가 귀족의 딸 데이지와 사랑을 이룰 수 없게 되자, 성공이라는 일념으로 고군분투하여 거부가 되어 돌아왔다. 그를 일으킨 목표의 근원에는 오로지 데이지를 되찾겠다는 강한 일념이 있었다. 상처난 자존심을 치유하려고 무섭게 전진하고 돌격하는 개츠비는 데이지가 사는 강 건너 맞은편에 저택을 구입하고 주말마다 흥청거리는 파티를 연다. 데이지를 기다리는 것이다.

에밀리 브론테의 〈폭풍의 언덕〉에서 히스클립은 케서린의 시신까지도 소유하려고 냉혹하고도 비상식적인 집착을 보였다. 개츠비가 떠나간 데이지를 다시 찾으려는 노력도 집착에 가깝지만 히스클립과 개츠비는 그 색깔부터 다르다. 개츠비의 행동이 위대하다면 그것은 자신을 포기했기 때문이며, 통념을 초월한 순수의 열망이 소멸되지 않았기 때문이다. 진정한 사랑이란 무엇인가? 어떻게 하는 것이 사랑인가? 연인의 실수를 뒤집어쓰고 사살된 시체로 풀장에 떠 있는 개츠비에게 연민을 느낀다. 조문객이 없는 장례식장을 보면서 허무뿐인 역설, 개츠비가 위대하다는 말을 되짚어본다.

서로 다른 방향을 보고 있었다

　여자가 꽃을 사달라고 해도 남자가 아무 반응을 보이지 않더라고 했다. 여자는 재차 남자에게 꽃을 주문했고 그러기를 세 번인가 반복한 후에야 남자가,

　"곧 생일도 닥쳐오는데 그때나 사 주면 안 되겠어요?" 하더란다. 그러나 여자의 어두운 기분을 파악한 남자가 그날 꽃다발을 사다 주긴 했는데, 여자는 무슨 꽃인지도 밝히지 않고, '꽃이라고 꽃 같지도 않은 것을 사다 주더라'고 하는 걸로 보아 마음에 들지 않은 모양이었다.

　"어떡하면 좋아요. 골치가 아파요."

여자는 얼마 전에 내게 자문을 구했었다. 그 남자와 결혼을 앞두고 있지만, 날짜를 잡아야 할 것인가 어째야 할 것인가 확신이 서지 않는 것 같았다. 자꾸 미루고 있지만 언제까지 미룰 것인가. 그들은 두 사람은 모두 재혼이다. 여자에게는 전남편에게서 낳은 딸이 하나 있고, 남자에게도 전 아내에게서 낳은 딸이 둘이라 했다.

여자는 꽤 깔끔하고 멋쟁이다. 그는 늦은 나이에 박사까지 마치고 대학교 시간 강사를 하고 있는데, 살림이 넉넉하지 않은데도 고속버스로 서울까지 오페라 관람을 하러 가는 등 문화적 품위를 지키려 하고, 그것이 곧 삶의 멋이라고 여긴다. 그러나 남자는 지극히 현실적인 생활인이어서 혹시 여자에게 낭비벽이 있으면 어쩌나 걱정스러워하고 여자의 살림 솜씨를 믿을 수 있을까 미심쩍어하는 모양이다. 남자에게는 분명 그 여자의 멋이 부질없는 것으로 보일 것이다.

"내가 20년을 혼자 살다가 이제 왜 하필 이런 남자에게 묶이랴" 회의하는 여자. 그들은 지금 냉전 중이라고 한다. 남녀가 결합하여 부부가 된다는 건 쉬운 일이 아니다. 철모르는 나이에 열정으로 만나서 자식 낳고 늙어가다 보면 이것이 인생이구나, 운명으로 받아들이지만 나이가 들면 조건이 우선한다. 접착력이 약해진 물체처럼 따지고 저울질하고 견제하는 그들. 저녁 무렵의 동행자로 서로의 외로움을 덜 수도 있지만, 어찌 보면 새로운 구속이요, 억압이기도 할 것이다.

그래도 그렇지, 아직 결혼 전인데 꽃다발 하나에도 인색하게 군다면 문제다. 원래 세련되지 못했거나 여자를 하찮게 여기거나 원래 사람이 답답하거나 그중 하나가 아니겠는가. 그들은 삶을 바라보는 시선의 각도가 다른 것 같다. 여자에게 한 번 더 생각하라고 권하고 싶어도 공연히 끼어들 수 없어서 관망만 하고 있다.

히아신스가
일찍 피면

엊저녁 란희가 히아신스 화분을 사 왔다. 꽃다발을 사려다가 화분이 더 나을 것 같다면서 작은 화분을 안겨주었다. 아직 잎이 피지 않은 알뿌리와 알뿌리가 심겨진 연한 물빛의 사기 화분이었다. 나는 꽃을 확실히 모르면서 '히아신스'라는 소리가 환기하는 어감을 좋아했다. 그래서 어감으로만 짐작한 '히아신스'의 이름을 시구에 인용했던 적이 있다.

'겨우내 버려두었던 먼지 낀 창가에 / 히아신스가 일찍 피면 / 진저리치듯 바람에 쓸리자고 / 친구가 간곡히 얘기했을 때 / 시시덕거리던 제비 떼들 / 처마를 치며 날던 제비 새끼들'(《친구》 3연)이라고 한 것이 그것이다. 〈친구〉는 첫 시집에 수록되었으니까 꽤 오래된 시다.

그러나 나중에 그 꽃을 직접 보고 나서 얼마나 놀랐는지, 얼마나 미안하고 창피했는지…. 내가 그럴 것이라고 짐작했던 것과 꽃의 모양이 매우 달랐다. 그나마 다행인 것은 겨울을 견디는 히아신스, 그 이름만을 거명하였고 그 밖의 다른 말은 언급하지 않았던 일이다. 시인은 가끔 그 소리가 주는 느낌으로 사물을 받아들이기도 한다.

'히아신스'라는 말에서 나는 가냘프고 파리한, 그러나 마음은 모습처럼 약하지 않은, 한 여인을 떠올렸었다. 1990년 시문학에 연재한 〈환상일기〉에서는 자작나무에 대한 확신이 없는 상태에서 제법 장중한 목소리로 자작나무를 거명했었다. "나의 시간은 겨울 숲길, 자작나무 두 팔 벌려 하늘 받쳐 든 곳으로 트여 있었다"라고. 그런데 그해 초여름 러시아에 가서 자작나무 숲을 거닐게 되었다. 아, 얼마나 기뻤던가. 내가 읊었던 자작나무가 바로 거기 "두 팔을 벌려 하늘을 받쳐 든 곳으로 트여 있었"던 것이다.

이제 나는 히아신스꽃을 알므로 꽃이 피어나도 놀라지 않고 반길 수 있다. 꽃은 그대로 탐스러운 꽃을 피우고 나는 그를 반기면 된다. 나는 그것을 햇살이 잘 비치는 베란다에 놓았다가 주방의 창틀에 놓았다가 지금 몇 번째 장소를 바꾸었다. 주방에 놓을 때는 내가 설거지를 하거나 식사 준비를 할 때 가까이 두고 싶어서고 베란다에 놓을 때는 햇살을 쪼여주고 싶어서다. 알뿌리에서 올라오고 있는 주먹만 한 꽃숭어리가 나를 사뭇 들뜨게 한다.

내 가슴은 얼마 동안 히아신스로 출렁거릴 것이다. 고향 언덕 풀숲에 할미꽃이 피기 전, 산수유가 피기 전, 개나리가 피기 전, 양지바른 창틀에서 히아신스가 필 것이다.

언제쯤이나 자신만만해질까

할 수만 있으면 거절하지 않기로 마음먹었다. 내가 나서서 부탁하는 것이야 쉽지 않지만, 내게 청하는 다른 사람의 부탁을 거절하다니, 감히 안 된다고, 싫다고 고개를 흔들어서 막다니.

거절이란 얼마나 외람된 차단인가. 망설이지 않고 감사하게 받아들이기로 하였다.

글을 쓰는 사람이 받는 부탁은 글을 쓰는 일이다. 짐을 짊어졌다가 내려놓으면 등이 날아갈 것처럼 가볍다. 옥죄던 일을 벗어버리면 자유라는 말의 뜻을 알게 된다. 내가 지금

거절하지 않아도 언젠가는 저절로 할 수 없게 될 날이 올 것이니까, 힘이 없어서 할 수 없고 능력이 저하되어서 할 수 없고 해도 별다른 효과를 낼 수 없어서 할 수 없게 될 것이니까. 내가 할 수 없을 뿐만 아니라, 맡기는 쪽에서 내 이름을 불러서까지 일을 맡기지 않을 것이다. 그러면 끝난 것이다. 쓰임을 상실한 존재. 그냥, 있으니까 있는가보다고 스쳐 지나가는 존재가 될 것이다. 슬픈 일이다.

어제는 어떤 월간지에서 2월호에 실릴 권두시를 찾는데 내 시에 2월을 읊은 〈2월에는〉이라는 시가 인터넷에 있더라고, 원고료가 없어서 매우 미안하다면서. 실어도 좋겠느냐고 하였다. 나는 미안할 것 없다고, 그렇게 하라고, 고맙다고 대답하였다. 전화를 받고 대답하는 내 목소리가 밝았을 것이다. 그쪽에서 이메일 주소를 알려주면서 내 약력까지 함께 보내달라고 하였다.

나는 기쁜 마음으로 보냈다.

2월을 소재로 쓴 시가 〈2월에는〉 말고도 〈2월생〉이라는 것도 있는데 〈2월생〉은 잘 알려지지 않은 것 같아서 두 편을 함께 보내면서 잡지의 분위기에 맞는 것으로 골라서 실으라고 하였다. 약력은 최대한으로 줄여서 썼다. 약력은 한 줄로도 대강 알릴 수 있고 두 줄이면 충분하다. 약력이 나를 말하지 않고 내 시가 약력의 깊이를 말해 줄 수 있어야 한다. 약력을 길게 쓰는 것은 자신이 없다는 증명서일 수도 있다. 그런데 나는 더 줄이지 못하고 두 줄 조금 넘게 썼다. 아직도 자신이 없나 보다. 언제쯤 나는 자신만만해질까? 아마도 죽을 때까지 자신만만해지지 못할 것 같다.

옛날 어떤 선배 시인이 자기에게 보내온 편지 봉투에 대한민국 아무개라고 적었는데도 도착했더라고 기뻐하며 자랑했다. 대한민국 대통령도 아니고 대한민국 시인 아무개라고 했는데 도착했다면 자랑할 만한 일이기는 하다.

8층 아저씨

엊저녁 아파트 현관에서 8층 아저씨 내외를 만났다. 그들은 언제나 내외가 함께 다닌다.

8층 아저씨가 "어디로 명절 쇠러 가십니까?" 물었다. 어디로 갈까 아직 결정되지도 않았고, 집을 비우고 멀리 가고 싶지도 않아서 아무데도 가지 않는다고 했더니,

"우리도 우리가 본부입니다."라며 웃었다.

그의 아내는 건강이 좋지 않은 듯 좀 비척거리면서 천천히 걷는데 언제나 남편이 아내의 손을 꼭 붙잡고 있다. '이 손을 놓치면 절대로 안 돼.'라고 서로 다짐이라도 한 것처

럼. 그 집 남편은 아내를 끔찍이 위한다.

남자 혼자 슈퍼마켓에서 찬거리를 사 나르는 것은 말할 것도 없고 죽이며, 떡이며 여러 음식을 사 나르기도 한다. 쓰레기 버리는 일은 당연히 남자 몫이고 요즘은 음식물 쓰레기도 날마다 버린다. 나는 그 집 아내가 혼자서 나다니는 것을 한 번도 본 적이 없다.

그들 부부는 젊었을 때 한 인물 했을 것이다. 나이가 지긋한 지금도 그만큼 이목구비가 수려한 것을 보면.

—요즘은 반상회도 하지 않지만— 언젠가 반상회가 끝나고 일어서려는데 8층 아주머니가,

'바쁘세요? 더 좀 얘기나 하다 가시지.' 했을 때 나는 머뭇거리다가 나중에 만나자고 미루며 빠져나왔었다. 그러나 그 나중이라는 기회는 좀처럼 오지 않았다. 언제나 아파트 현관이나 공원에서 인사를 끄덕끄덕하고 말 뿐이다.

나는 막연히 그 아주머니의 건강이 좋지 않은가 보다 생각했는데 아주머니보다 아저씨의 건강이 더 좋지 않은 것 같다. 얼마 전 애 아빠가 놀란 듯이, 말했다.

"8층 남자가 파킨슨병을 앓고 있대."

나는 믿기지 않아서 멍하니 아무 말도 나오지 않았다. 건강해 뵈는데 설마 그럴 리가…, 엘리베이터에서 만났는데

본인이 직접 말하더라고 하였다.

애 아빠가 무엇이라고 말을 해야 할지 당황하여 더듬거리고 있는데, 손가락으로 하늘 쪽을 가리키며,

"저분이 저를 가까이 두고 보고 싶으신가 봐요." 하더란다.

언제나 단정하고 자세가 똑바른 그는 자기가 일찍 떠날 것을 생각하고 그 뒷일이 미안해서 언제나 아내의 손을 놓지 않는지. 나는 올여름에도 그들이 군것질을 즐기는 어린애들처럼 동네의 가게 앞 긴 의자에 걸터앉아서 옥수수를 먹기도 하고 참외를 깎아 먹기도 하는 걸 몇 번 보았다. 그들은 하루하루를 최후의 날처럼 사는 것 같다.

저 결혼해요

"선생님, 저 결혼해요."

나는 Y의 말을 듣고 놀라지 않았다. 진작 결혼할 줄 알았는데 너무 끈다고 생각했다.

그는 수년 전 본처와 이혼했는데 얼마 후에 혼기를 살짝 놓친 얌전한 처녀를 만나서 행복해 하는 것 같았다. 그런데 내가 놀란 건 이번에 결혼할 여자가 그 처녀가 아니라 다른 여자라는 것이었다. 어쩐지 결혼이 늦는다 했더니 그동안 헤어지고 다른 사람을 만나느라 오래 걸렸구나 싶었다. 그나저나 헤어진 그 처녀를 사방에 데리고 다니면서 결혼할 여자라고 광고까지 했는데 상처를 많이 입었을 것 같았다.

"그 처녀 많이 상심했겠네요."

"예, 어려움이 많았습니다. 위자료까지 적잖게 주었습니다."

위자료까지 주었다는 말은 그에게 그럴 만한 책임이 있었다는 말로 들렸다. 그런데 Y는 묻지도 않은 말을 했다.

"이번에 결혼할 여자는 재산을 수백억 가진 여자입니다."

Y는 왜 그런 말을 할까? 나는 못 들을 말을 들은 것 같았다. 그것 때문에 앞의 처녀와 헤어진 것인가? 이혼하고 처녀를 사귀다가 버리고 새로 물색하여 결혼하게 된 상대자가 수백억을 가진 것이 매우 자랑스러운가. 이제 50을 갓 지난 Y, 그에게 왜 수백억 재산을 가진 여자가 필요한가? 그 재산은 여자의 재산이지 자기가 쌓은 재산은 아닌데 재산에 눈이 멀어 결혼한다면 그것은 큰 오산이다. 그것은 근심의 싹이다.

그 여자에게는 장성한 자식이 셋이나 있고, Y에게도 자식이 둘이다. 성실하게 일해서 억척으로 모은 재산을 그 여자는 아무렇게나 쓰려고 하지 않을 것이다. 설령 그것을 Y에게 주더라도 오히려 독이 될 수 있다. 그것 때문에 안이하게 살 수 있다고 생각한다면 Y는 어리석다. 그것 때문에 그 여자의 종이 될 수도 있으며, 그것 때문에 인격적으로 타락할 수도 있다. 그것 때문에 당당한 의지가 꺾일 것이며 전망이 흐려질 것이다. 그러다가 아주 망할 수도 있다. 내가 땀 흘려 모은 돈이 아니니 그것은 미끼요 족쇄일 뿐이다. 그런 것은 없는 게 오히려 낫다.

그 말을 들은 어제저녁부터 오늘 하루 마음이 불안하고 불편하다. Y는 며칠 후 그 여자와 결혼할 것이다. 그러나 결혼 후에라도 만나면 인생을 앞서 사는 선배로서 그가 새겨듣든 말든 약이 될 몇 마디는 해야 할 것 같다.

어머니만 산에 두고

어머니의 묘소로 가는 길엔 잡초들이 무성해 있었다. 어제 비가 와서 부쩍 더 자랐을 것이다. 산으로 오르는 길에도 젖은 풀들이 길을 덮어서 우산대로 헤치며 올라가면서 발에 걸리는 풀부터 뽑았다. 비가 온 후라 길도 미끄러웠다. 올 4월에 심은 국화는 제법 탐스러운 꽃을 피우고 배롱나무에도 꽃이 몇 송이 피어 있었다. 아마 소나무 그늘에 가려서 제대로 만발하지 못한 것 같았다. 가장자리에 씨를 듬뿍 뿌렸던 코스모스는 무성한 풀들 사이에서 가느다란 줄기를 버티고 간들간들 서 있었다.

꽃을 좋아하시던 어머니는 늘 "내 무덤 둘레로는 꽃을 많이 심어라." 말씀하셨는데 심어놓고도 잘 돌보지 못하면 이렇게 된다고 일러주는 것 같다. 심은 꽃들만 제대로 피어나도 좋을 텐데. 대강 눈에 걸리는 것들만 없애는데도 시간이 오래 걸리고 땀만 비 오듯 흘러내려 눈을 뜨기도 어려웠다. 아무래도 전문적으로 정리하는 사람에게 부탁해야 할 것 같았다.

어머니는 일 년쯤 기억력이 쇠퇴하셔서 내 얼굴을 보면서도 누구냐고 물으시고, 제가 어머니의 딸이어요." 알려드리면, 당신의 가슴께를 가리키면서 '내가 낳은 딸이라고?' 하셨다. 치매라고 볼 수 없을 만큼 얌전하셨다. 고혈압도 없으시고 당뇨도 고지혈증도 없으셨던 어머니의 몸은 군살도 없이 가벼우셨다.

어머니는 평생을 조용하고 기품이 있게 사셨지만, 서른여섯 살에 아버지와 사별하셨다. 팔자가 드센 데라곤 눈을 씻고 봐도 없는 어머니가 젊은 나이에 홀로 되신 것이 나는 늘 이상했다. 맏이인 나를 필두로 복중의 유복녀까지 5남매를 힘들게 감당하신 어머니, 몸이 약한 어머니는 "내가 어떻게 환갑까지 살겠니?" 하셨다. 그러나 70을 지나 80도 지나 93세까지 사셨다.

숨을 거두실 때는 마치 불이 사그라지듯이 점점 숨이 줄어드셨다. 아무도 모르게, 함께 기거하던 딸도 모르게 주무시듯 모로 누워서 어머니는 홀로 숨을 거두신 것이다.

비가 온 후라 길이 미끄러웠다. 해마다 여름이면 어머니는 가장 붉고 고운 백일홍꽃으로 피어 오신다. 내가 지금 슬픈 것은 어머니가 돌아가셨기 때문이 아니라, 그동안 어머니께 좋은 딸이 아니었음을 크게 뉘우치기 때문이다. 날이 지나면 지날수록 내 가슴은 자꾸만 더 쓰리고 저릴 것 같다. 어머니만 산에 두고 우리들만 내려왔다. 산길이 미끄러웠다.

"조심해서 가거라, 넘어질라" 어머니가 말씀하셨다.

시
인
과

농
부

　김호길 시인의 시집에 발문을 얹기 위해서 나는 그의 에세이집을 먼저 읽었다. 나는 시보다 먼저 그의 에세이에 마음이 이끌렸다. 그의 에세이 〈시인과 농부〉에서 그는 첫 문장을 이렇게 시작한다. "오스트리아 작곡가로 세계적인 명성을 얻은 주페의 〈시인과 농부〉를 듣노라면 우아한 리듬과 맑고 밝은 선율에 흠뻑 매료된다" 김호길 시인은 이방인으로 정착하여 무변광야에 어떻게 물을 끌어들이고 어떻게 이웃을 만들어 갔는지를 이야기한다.

　좋은 책을 읽는 일은 맛있는 음식을 음미하는 것과 같다.

음식을 잘 씹어서 고단위의 양분을 흡수하듯이 독자는 책을 읽으며 문장과 어휘를 빨아들인다. 나는 책을 읽다가 감동이 커지면 일어서서 방안을 어정거린다. 어떤 작가의 책은 도저히 앉아서 읽을 수 없도록 나를 일으켜 세운다. 그럴 때면 어떤 감탄사를 외쳐야 할까? 나는 감탄사를 외치는 대신 큰 소리를 내어 읽는다. 특히 에세이는 자기 내면을 고해성사하듯이 표백表白하는 것이어서 작자를 직접 대하는 것보다 가까워지게 한다. 작자의 내면에 아무것도 감추어 두지 않고 투명하게 드러내어 독자가 드디어 손을 들고 항복하는 것이라고 할까.

멕시코의 사막에서 창조적 농업으로 성공한 시인은 사막을 무한한 생명의 모태로 표현하였다. 그는 무수한 곤경에서도 농기구를 집어 던지고 뛰쳐나오지 않았다. 말이 통하지 않고, 누구를 믿고 누구를 의심해야 할지 모르는 지경에서도, 그는 집을 개방하여 마을 사람들을 친구로 삼았다. 집 열쇠를 동네 가게에 맡겨 놓아도, 아무도 비워둔 그의 집에 무단으로 들어가지 않았다.

주민들은 살림살이가 어려웠지만 순박하였다. 순박한 주민들은 차츰 그의 진의를 파악하기 시작하였다. 그가 먼저 마음을 여니 이웃도 그를 따라 좋아하였을 것이다. 타지에

나갔다가 돌아올 때면, 자동차 소리만 듣고도 그의 차인 줄을 알고 동네 애들이 다투어 뛰어나와 그를 맞이하였다. 그의 손에는 동네 애들에게 줄 과자 봉지가 들려 있곤 하였다.

그는 "농부는 대지의 시인"이라고 했다. 거친 흙을 뒤집어 잘게 부순 다음, 이랑을 만들고 꿈의 씨앗을 파종하는 대지의 시인, 씨앗 하나가 눈을 트는 일은 실로 생명의 창조와 다르지 않다고, 창조하는 역할에서 하나님과 농부는 동업자라고 했다. 나는 과연 시인인가? 나의 대지에는 무슨 넝쿨이 뻗었는가? 무슨 꽃을 피웠는가? 열매는 맺힐 것인가?

커피가 있는 분위기

아까 방으로 들어오면서 커피를 한 잔 들고 왔다. 간편하게 일회용으로 마시는 인스턴트가 아니라 분쇄기에 착실하게 갈아서 향기가 남아 있을 때 금방 내린 커피다. 어느 잔에 따를까, 찻잔을 고르고 접시에 받쳐서 제법 두근거리는 가슴을 누르면서 방으로 들어왔다. 그러나 겨우 한 모금 마신 후, 앞에 커피가 있다는 것도 잊어버리고 하던 일에 몰두했다가 이제야 생각이 났지만 식어서 제맛이 아니다.

"사실, 당신은 커피를 별로 좋아하지 않는 사람 같아."

언제인가 남편이 그렇게 말했었다. 오래전인데 잊히지 않고 그 말이 가끔 생각난다. 그의 말이 맞는 말이기 때문일까. 그러나 나는 그날 펄쩍 뛰었다. 아니라고, 나는 커피를 좋아한다고, 마치 커피를 좋아하지 않는다는 것은, 어느 대열,—문화의 대열이든, 문명의 대열이든—에선가 낙후된다는 말이라도 되는 것처럼, 힘을 주어 부정했었다. 커피가 인체에 해로운가, 그렇지 않은가를 논의할 때도 나는 오히려 유익하다는 측의 손을 들곤 하였다.

솔직하게 말하면 내가 좋아하는 것은 커피라기보다 커피가 있는 풍경, 커피가 있는 분위기인지도 모르겠다. 친구들이 있고 친구들의 이야기가 있고 우정이 흐르는 공간, 거기 잔잔한 음악이 깔리고 간간이 웃음소리도 들리는, 쓸데없는 이야기도 격조를 갖추게 되는 곳, 서로 눈빛을 마주하면서 삶의 에너지를 충전하는 공간. 나는 그것들을 좋아할 뿐, 잔에 채워진 검은 커피는 그냥 건성으로 옆에 두고 있는 것인가?

커피잔을 들고 책상 앞에 앉으면 수많은 말들이 쏟아져 나올 것처럼 가슴이 두근거린다. 내게 커피란 맛으로 존재하지 않는다. 그것이 내게 주는 정신적인 여유, 그것이 상징하는 시간과 자유다. "커피를 별로 좋아하지 않는 것 같아"라는 말에 펄쩍 뛰었던 것은 그 여유와 자유를 빼앗기고 싶지 않다는 말일 것이다. 내가 좋아한다면서도 그대로 둔 채 식을 때까지 자주 잊었던 것은 잘못일까. 그래도 카페에서 는 카페니까 식도록 두지 않고 착실히 마신다. 나는 거기서 성실성을 발휘하고 싶은가도 모르겠다. 비싼 커피를 시키더니 그대로 남겨놓는 것은, 혹은 버리는 것은 우스운 꼴로 보일 테니까. 나는 오늘 카페가 아닌 집인데도 다 식어버린 커피를 천천히 음미하며 마셨다.

이 무슨 얼토당토않은 거짓말인가

오늘 중국어 교실에서 선생님이 갑자기 내게 물었다.

"당신은 날마다 시를 쓰십니까?"

나는 즉각 망설이지 않고 대답하였다.

"물론입니다. 나는 날마다 시를 씁니다. 왜냐하면 나는 시인이니까요."

대답하고 나니 마음이 말할 수 없이 허전하고 부끄러웠다. 이게 무슨 얼토당토않은 거짓말인가? 내가 언제부터 날마다 시를 쓰고 있는가? 내가 날마다 시를 쓴다고 대답했으니 듣는 사람들은 일 년에 삼백육십오 편의 시가 쌓일 것으로 생각할 것이다. 저녁에 집에 돌아와서 생각하니 더욱 마음이 편치 않았다. 한 편의 시를 쓰려면 빨라도 며칠은 걸리고 그것도 만족스럽게 완성되는 것은 아니라고, 오래 걸리면 몇 년이 지나기도 한다고, 그래도 마음에 들지 않아서 버리기도 하고 처박아두기도 한다고, 그렇게 말하지 않은 것은 큰 잘못이었다.

강의실에서는 즉각 외국어로 대응해야 한다. 그것이 사실에 부합되느냐 그렇지 않으냐와는 관계없이 말이 되느냐 되지 않느냐에만 초점을 맞추어 대답하게 된다. 그리고 갑자기 받은 질문에는 그냥 입에서 나오는 대로 깊은 생각 없이 쉽게 대답해 버린다.

원고 청탁이 오면 시를 보내기는 하지만 이미 써둔 시를 보내기도 한다고, 시는 내가 쓰고 싶을 때 써야 하는데, 날마다 새로운 시를 쓰는 것은 아니라고 말해야겠다. 어제는 마음에 들었다가 오늘은 마음에 들지 않기도 하고 어제는 대수롭지 않게 생각했던 표현이 오늘은 제법 괜찮은 듯하기도 하다고도 말해야겠다. 쓴 시를 오래 묵혀서 다시 읽고 고치고 또 고치면서 자주 시를 생각하기는 하지만, 갈수록 시가 어렵다고. 언젠가는 강의실 수강생 앞에서 있는 그대로 사실을 고백해야 하겠다.

중국어 선생님은 내 속을 알 것이다. 그는 매우 솔직하고 순수하고 문학적이다. 그는 번역문학가로 추천받기도 했으니까 시가 어떤 문학인가도 알겠지. 나는 그가 문학을 알기 때문에 도처에 외국어 강의실이 많지만 나는 꼭 그의 수업을 들으려고 한다. 그러나 거기 몰두할 시간이 없어서 겨우 시간에나 맞추어 가는 정도다. 제대로 익히려면 예습도 하고 복습도 해야 하는데 마음대로 되지 않는다.

당신은 매일 시를 씁니까? 이 물음에 나는 다시 대답해야 한다.

아닙니다. 나는 그렇게 하지 못합니다. 그럴 수 있었으면 좋겠습니다.

왜
째
려
봐

자기 차가 다른 차에게 추월을 당하면 도저히 견디지 못
하는 사람이 있다. 특히 추월하여 앞선 차가 자기 차보다 값
이 엄청 높다는 것을 알거나, 성능이 뛰어나다는 것을 알면
더 견디지 못한다. '절대로 너한테만은 지지 않겠다'는 마
음은 특정한 어떤 사람인, '너에게' 패배하지 않겠다는 강력
하고 비장한 의지다. 그러므로 결과적으로는 발전할 동력이
될 수도 있을는지 모르지만, 어떤 대상을 정해 놓고 겨냥한
다는 것은 대의가 아니고 명분도 약하다.

반드시 그 사람보다는 출세해야 하고 그 사람보다는 잘

생겨야 하고 그 사람보다는 잘 살아야 한다고 정해 놓고 초조한 마음으로 바장이는 것은 얼마나 왜소하고 비열한 열등감인가? 왜 꼭 '그'인가? 왜 꼭 '그'를 이겨야겠다고 생각하는가?

그것은 '그'가 그만큼 만만하거나 수월하기 때문인가? 그렇지 않다. 언젠가 그에게 몹시 망가진 적이 있기 때문이다. 자존심을 상한 일이 있거나 망신을 당했거나 참기 어려운 치욕을 느꼈기 때문이다. 그리고 그 치욕이나 망신이나 참기 어려움이 객관적 타당성을 인정할 만큼 분명한 이유를 가지고 있기 때문이다. 그를 반드시 이겨야겠다는 마음은 열등감에서 온다. 그 열등감은 상대방의 우월성을 인정하기 때문이며, 스스로 취약함을 인정하기 때문이다.

"그래 나보다는 네가 훨씬 잘하지", "나는 너를 응원해", 라는 여유로움에는 패배가 있을 수 없다. 엘리베이터 안에서 눈이 마주치면 살짝 미소를 짓는 사람이 있다. 그러나 얼굴을 휙 돌리거나 불쾌한 표정을 짓는 사람도 있다. 똑같은 시선으로 바라봤는데도 왜 반응이 다른가? 미소를 짓는 사람은 자기와 눈길을 맞추며 사랑을 표현한 사람이 많았기 때문이다. 똑같은 시선인데도 '왜 째려봐?', '나한테 유감 있어?' 물을 듯이 대응한다면 평소에 자신을 째려보는 사람이 많았다는 증거다.

자기도 자기의 입장을 알고 있으며 저지른 소행도 알고 있기 때문에 남들이 모두 미워할 것이라고 지레 생각했을 것이다. 그리고 때로는 양심의 소리를 들으면서 의외의 친절을 친절로 받아들일 염치도 자신도 없는 것이다. 완전한 사람은 없지만 그 불완전함을 인정하면 이내 극복하게 되지만 뻔한 사실에 저항하면 할수록 열등감이 커질 것이다.

열등감은 사실을 왜곡하여 극심한 오해를 낳고 끝도 없는 나락으로 나를 떨어지게 한다.

한 사람의 손을 잡고 있을 때

"안녕하세요? 이게 얼마만입니까?"

"네. 안녕하세요? 반가워요."

우리는 일주일에 한 번씩 만나게 되지만 많은 사람 틈에서 건성으로 지나치는 게 보통이었다. 정식으로 마주 서서 손을 잡고 흔들기는 몇 달만인가? 그는 한 달에 한 번씩 등산동우회 일을 맡아 계획도 하고 추진도 하느라 바쁘다. 그런데 하필이면 그 모임이 목요일로 못 박혀 있어서 내가 진행하는 문학 써클의 모임과 겹친다. 서로 어쩔 수가 없다고 생각하면서도 그는 내게 좀 섭섭할는지도 모른다. 오늘은 모처럼 딱 얼굴을 마주보게 되었으니 무엇이라고 변명이라도 하고 싶었다. 막 말을 꺼내려는데 그는 나와 손을 잡고 있으면서도 시선은 방향으로 쏠려 다른 사람에게 이미 말을 걸고 있는 중이었다.

"왜 어제는 연락이 그렇게 어려워? 내가 전화를 얼마나 했는지도 모르나 봐. 거기 다 기록이 되어 있을 텐데..."

처음에 나는 엉뚱한 그의 말에 어리둥절했다. 그의 손을 놓고 둘러보았더니 바로 내 등 뒤에 서 있는 사람에게 하는 말이었다. 나는 그의 성의 없고 마음에도 없는 악수가 마음에 들지 않았다. 아주 짧은 순간이지만 기분이 묘했다. 한 사람과 악수를 할 때는 그 한 사람과 시선을 맞추어야 한다. 한 사람과 손을 잡고 인사를 나누는 동안에 다른 사람을 바라보면서 말을 한다는 것은 예의와 상식에 어긋나는 일이다. 나는 그의 앞을 빠져나와 먼 곳으로 옮겼다.

전에 지방에 머물러 있을 때였다. 서울에서 나를 만나러 온다는 친구가 있었다. 적어도 2-3일은 함께 있을 것이라고 했으므로 나는 그를 맞을 준비에 바빴다. 이불을 빨고 베갯잇도 갈아 끼우고 식탁보도 바꾸었다. 몇 끼니의 메뉴도 같은 것이 반복되지 않게 짰다. 그런데 친구는 오자마자 바로 이튿날 아침 부랴부랴 풀었던 짐을 다시 쌌다. 그는 올 때부터 나만을 목표로 온 것이 아니었다. 긴히 만나야 할 다른 사람이 있는데 그의 일정이 바뀌어 지금 남해안으로 떠나면서 어서 서두르라고 재촉한다는 것이었다. 나는 우선 내 가족들에게 창피하였다.

무슨 일을 하든지 신실한 사람은 그 한 가지 일에 몰두한다. '이것 아니면 저것'이라는 방식에는 진정이 담길 수가 없다. '겸사겸사'는 얼핏 생각할 때 경제적인 것 같아도 깊이가 없다. 한 사람과 손을 잡고 있는 사이에도, 입으로는 또 다른 사람을 향하여 안부를 묻는 것, 그것은 무례한 짓일 뿐이다. 공공연한 이중 데이트다.

룰룰루
랄랄라

나는 불행한 스토리가 싫다. 그런 이야기를 듣고 있으면 태연하게 돌아가는 지구가 의심스럽다. 해결해 줄 아무 방법도 없는 내가 한심하다. 방법은 없고 답답하기만 하면 듣고 싶지 않다. 이런 태도를 "도피"라고 해야 할까, 외면이라고 해야 할까.

TV 드라마나 영화나 소설에는 사랑이라고 우기는 불륜과 탈선과 유혹이 있고, 이면에 웅크린 불행한 그늘이 있다. 그러나 그것을 극복하고 시도하고 도전하여 승리하는 것이 소위 인생을 그렸노라고 하는 픽션의 골격이다. 그걸 알면서도 나는 역경의 과정이 생략되기를 바란다. 결코 정의가 아닌데도 떳떳한 불의와, 투쟁을 계속해야 하는 온건한 주인공의 수난을 내 눈으로 목격하고 싶지 않다. 그런 것을 보고 있으면 가슴이 터질 듯 조이고 호흡이 빨라진다.

주인공은 으레 넘어야 할 위험과 중첩되는 고난을 운명으로 짊어지고 태어났으므로, 선량한 주인공이 불쌍해서는 안 된다는 주장은 성립할 수 없을 것이다. 하는 일마다 물 흐르듯이 순조롭게 풀리는 삶에 무슨 의미가 있겠는가, 누가 거기서 감상할 의욕과 가치를 느끼겠는가. 문학작품은 갈등이 중심이며 그 갈등을 끌어들이기 위해서 도입과 전개도 있건만 그걸 빤히 알면서도 나는 협심증 환자처럼 유순한 진행만 주문한다.

내가 원하지 않아도 모든 작품은 해피엔딩을 향하여 진행한다. 해피엔딩을 예견하면서도 견디지 못한다면 독자에게 문제가 있을 것이다. 예전에 할머니 턱살 밑에 앉아서, "그래서 나중에는 자알 먹고 자알 살았단다."라는 말이 나올 때까지 날마다 들었던 옛날이야기, 저녁마다 거의 같은 스토리였는데도 자꾸 얘기해달라고 졸랐던 것은 "그래서 나중에는 자알 먹고 자알 살았단다."라는 마지막 말을 다시 듣고 싶어서가 아니었을까.

요새 어떤 일본 작가의 소설을 읽으면서 주인공이 너무 불쌍해서 뒷부분을 먼저 읽었다. 결국 주인공이 앞에서와는 전혀 다른 제2의 인생을 장쾌하게 펼치기 시작하였다. 나는 안심하고 다시 돌아와 읽던 곳을 차례로 읽었다. 안심했으니까 이제는 아무 걱정도 없다. 유순하게 아주 편안하게 물 흐르듯이 주인공이 탈 없이 살아서 좋다. 자알 먹고 자알 산다니 룰룰루 랄랄라다. 나는 행복하게 소설의 마지막 페이지를 덮었다.

오늘이 꿈꾸던 그날인가

초판 인쇄 2023년 3월 10일
초판 발행 2023년 3월 15일

지은이 이향아
펴낸이 김상철
발행처 스타북스
등록번호 제300-2006-00104호
주소 서울시 종로구 종로 19 르메이에르종로타운 B동 920호
전화 02) 735-1312
팩스 02) 735-5501
이메일 starbooks22@naver.com
ISBN 979-11-5795-677-7 03810